고양이는 대체로 누워 있고

우

다

다

달린다

# 고양이는 대체로 누워 있고

우

다

다        달린다

 전찬민 에세이

# 목차

2부

# 고양이는 자주 달린다

3부

나는 도쿄의 천천히 고양이

1부

내 두 눈, 밤이면 별이 되지

# 그대로 말하기

아이들에게 동화책을 읽어주는 건 참 재밌다. 동화 자체가 어른의 눈에 생각보다 재밌는 것도 있지만 감정 이입된 아이의 표정 변화를 보는 것이 무척이나 즐겁다. 그 몰입감 넘치는 얼굴을 보기 위해 더욱더 실감나게 읽어주고 싶어, 일본어를 처음 배웠던 때처럼 미리 몇 번씩 소리 내 낭독을 연습한 뒤 읽어줬다. 둘째에게 읽어주는 책은 앞서 첫째가 읽은 책들이 많았는데 똑같은 이야기로 전혀 다른 반응을 보이는 것이 특히나 흥미롭다. 자매라고 해도 이렇게 다르구나, 형제가 없는 나는 이 차이가 그저 신기했다.

엄마를 잃어버린 아기거북이가 친구들의 도움을 받아 다시 엄마에게 돌아가는 이야기를 읽을 때였다. 뻔하다면 뻔한 스토리에 자주 있는 소재니 아이의 흥미를 더 끌어보려고 최대한 실감나게 읽어주고자 한껏 연기력을 높여가며 읽어줬다. 친구들이 울고 있는 아기거북이를 데리고 함께 이리저리 엄마를 찾으러 다니다, 저멀리 바위 사이에 숨은그림찾기처럼 자리한 엄마의 등껍질을 아기거북이가 발견하고는 '엄마!' 하며 달려가 안기는 장면이었다. 나는 엄마거북이에 빙의해 목소리까지 바꿔가며 연기하듯 낭독했다. '제법 잘했군.' 스스로 만족하고 있는데 둘째가 책이 아닌 나를 빤히 쳐다보며 물었다.

"엄마거북이가 왜 화를 내? 아기거북이 잘못했어?"

"아냐, 화 안 냈어. 걱정한 거지. 아기거북이가 갑자기 안 보였으니 엄마거북이가 얼마나 놀랐겠어."

혹시 엄마거북이의 마음을 모르나 싶어 설명하듯 얘기하니 아이가 대꾸했다.

"걱정이 되면 그냥 걱정만 하면 되는데, 왜 소리를 지르지?"

그러고는 심상히 페이지를 넘겼다.

불시에 들은 아이의 말에 그만 당황하고 말았다. 걱정이 되었으면 그냥 걱정만 하면 될 것을, 나는 내 감정의 파고에 못 이겨 결국 화를 낸다. 목소리도 한껏 격앙되어 인상까지 쓴다. 안도했는데도 무작정 화를 낸다. 상대가 내 반응에 당황스러워하면 "걱정했잖아!"라 말하며 또 화를 낸다. 사랑하면 사랑한다 말하면 되고 슬프면 슬프다 말하면 되는데, 그대로 내보이지 못한 채 허접한 천 한 장을 감정 위에 덮어두고 엉뚱한 것을 꺼내든다. 내 마음을 제대로 보이지 않아놓고 그 마음 몰라준다고 서운해한 셈이다. 그러네, 그냥 내 마음이 그랬어 하면 될 것을.

진짜 내 마음이 무엇인지 스스로에게 용기 내서 물어야 한다. 내 물음에 들춰지는 이 마음이, 인정하기 싫고 원하지 않았던 본 모습이라 해도 그 형태를 봐야 한다. 그것이야말로 나를 더욱 단단하고 온전하게 만들어준다. 멋지고 대담하지 않으면 어떤가, 크고 깊지 않으면 어떤가, 옹졸하고 비겁하면 어떤가, 나약하고 불안정하면 어떤가. 그게 그대로의 모습인걸. 내가 나를 오해하지 않고 있는 그대로 드러낼 때의 고백이 가장 담백하지만 가장 깊이 전달될 거다.

엄마거북이는 세상에서 가장 소중한 아가가 눈앞에서 사라져 영영 잃어버릴까 두려웠고, 엄마를 찾고 있을 아가를 걱정했다. 그렇게 찾아 헤매다 뒤편 어디에선가 들리는 아기거북이 목소리에 기뻤을 거다. 사라졌던 아기거북이가 안아줄 때, 엄마는 많이 두려웠고 걱정했지만 끝내 너를 찾아서 안도했고 기쁘다고 그대로 말해주면 된다. 그대로 말해주면 아기거북이도 그 마음이 얼마나 깊은지 다 알 것이다.

# 별것 아닌 감동

　나와 남편은 가난한 유학생 부부의 신분으로 도쿄에 살며 여러모로 허리띠를 졸라맬 일이 많았다. 당연히 식재료를 살 때 백화점은커녕, 마트보다도 재래시장을 주로 다녔다. 그곳에서 만난 일본 무의 첫인상은 '새하얀 와이셔츠를 입은 젊은 직장인 여성'이었다. 흙이 하나도 묻어 있지 않은 깨끗한 옷차림에 싱그러운 초록색 파마머리. 어딘지 모르게 멋스러운 자태의 일본 무는 요리를 못하는 나조차도 하나 사서 장바구니에 넣고는 모두에게 장 본 티를 내고 싶게 만드는 아이템이었다. 그러나 상큼했던 첫인상과 달리 일본 무는 나에게 첫 요리부터 실망을 안겨주었다.

　어학교 언니들에게 레시피를 얻어 야심차게 깍두기를

만들기로 했다. 어설픈 솜씨로나마 어떻게든 완성했건만 깍두기는 아린 맛이 너무 강했다. 과일처럼 툭툭 잘라서 생으로도 먹던 조선무의 단맛과 달리 일본 무는 입안에 전해지는 싸한 맛이 강하다. 일본에서는 날것의 무가 가진 맛을 '辛い(카라이)'라 표현하는데 이 단어는 '맵다'에 가깝다. 한국인에게 이 맛을 설명하려면 '알싸하다'는 표현이 정확하다. 설탕을 많이 넣지 않아도 특유의 달콤함이 있는 조선무 레시피로 만들었으니, 한입 크기로 잘라 양념에 막 버무린 깍두기가 어찌나 입안을 얼얼하게 하던지. 맛이 들면 괜찮지 않을까? 아까워서 버리지도 못하고 냉장고에 묵혀두었던 깍두기는 시간이 지날수록 물이 한가득 나와 물김치 같은 비주얼로 변해갔다. 익기 시작하면서 점차 맛은 먹을 만해졌지만 알싸한 끝맛은 그대로 남아 있었다. 그러니 결론, 일본 무로 깍두기를 담근다면 소금으로 절일 때 설탕을 넉넉히 넣어 달큰한 맛이 들게 하고, 물기도 많이 빼줘야 한다. (스스로 깨우친 것이 아니라 종종 들렀던 한국 식당 이모님께 전수받은 비법이다.)

일본 무의 진가가 발휘되는 요리는 따로 있다. 핼러윈 시즌이 끝나고 본격적인 겨울 이벤트가 도시를 장식할 때 제일 먼저 겨울을 알리는 건 다름 아닌 편의점의 '어떤' 냄새다. 편의점 자동문이 열릴 때면 훅 밀려나오는 그 냄새. 브랜드가 다른 그 어떤 편의점을 가도 똑같은 냄새가 난다. 정체는 바로 '오뎅'이다.

커다란 오뎅 기계는 어느 편의점을 가든 항상 계산대 바로 옆에 놓여 있어, 계산하려고 줄을 설 때마다 그 존재감이 어마어마하다. 발견하면 일단 한두 개 사가야 할 것만 같다. 기계 옆에는 일회용 용기와 집게가 준비되어 있으니 원하는 오뎅을 담아 계산대로 가지고 가면 된다. 이때 국물을 가득 담아오면 한국 사람이다. 일본인은 오뎅이 마르지 않게 한 국자 정도만 담아가는데 한국인에게 오뎅의 본체는 역시 국물이다. 어묵살보다도 그 국물이 먹고 싶어 오뎅을 살 때도 있을 정도니까. 종일 은근하게 우려낸 오뎅 국물은 캔맥주와 찰떡인 편의점의 대표 안줏거리다. 먹다 목이 멜 때쯤, 국물 한 모금 마셔주면 시원한 맛이 일품이다.

이때 꼭 놓치지 말아야 할 것이 바로 무다. 앞서 말한 일본 무의 진가가 발휘되는 곳이다. 국물에 종일 담겨 있던 무에 겨자를 조금 얹어서 한입 베어 먹으면 그때부터 "편의점 무 먹으러 일본 가고 싶다"는 말이 나도 모르게 나올 것이다. 고작 무일 뿐인데 입에 넣자마자 사르르 사라지는 식감에 이거 뭐야 하며 놀랄 것이고, 온종일 가득 머금고 있다 터지듯 흘러나오는 육수에 하루의 피로가 풀릴 것이다. 이렇게 '별것 아닌 감동'을 주는 무는 누구에게나 사랑받을 존재가 된다.

한국과 같은 모양을 한 익숙한 재료라고 해도 타국에서는 그 성질이 조금씩 다르다. 일본 무는 숭덩 썰어도 실타래 같은 하얀 섬유질이 칼에 묻어나오지 않는다. 그렇기에 조선무처럼 달콤함은 없지만 조렸을 때 거슬리는 것 없이 녹아내리는 식감이 나온다. 물기가 많고 단단해서 오랫동안 조리해도 모양이 흐트러지지 않으니, 투박하게 툭툭 썰어 넣어도 그 모양 그대로 유지되어 다루기 쉬운 식재료다. 다만 단단해서 쉽게 맛이 들지 않기 때문에 조리가 끝나면 한 김 식히면서 무 안으로 맛이 스며들게 기다리는 과정이 필요하다. 뜨거운 상태로 바로 식탁에 내려면 생각보다 더 오랫동안 조려야 무에 맛이 든다. 편의점 무는 24시간 동안 약하게 틀어진 전기보온기계에 물을 조금씩 추가해주면서 천천히 조리는 것이라 모양도 예쁘고 육수가 골고루 잘 스며들어 맛있는 거다. 조리법이 이렇게 다르다보니 일본 무로 한국식 반찬과 국을 만들면 흥미로운 음식이 나오기도 한다. 대체로 나의 첫 깍두기처럼 실패할 때가 많지만, 아주 가끔은 조선무보다 풍미가 살아 있는 요리가 만들어지기도 한다.

한 나라에 잘 적응하기 위해서는 그곳 음식이 입맛에 맞아야 한다고 하던데, 가벼웠던 주머니 사정 탓에 우리 부부는 외식을 최대한 줄이고 집에서 한국 요리를 해 먹어야 했다. 생활이 고달파질 때마다 일본 슈퍼에서 산 일본 식재료로 우리 입맛에 맞는 음식을 만들어 먹으며 마음을 달랬다. 그중에서도 생선조림 속 푹 조려진 무는 향수병을 달래는 데 훌륭한 일등공신이었다. '맵시 좋은 아가씨'인 줄 알았던 일본 무는 알고 보니 '목욕탕을 막 다녀온 듯 뽀송한 얼굴을 한 아가씨'였다.

# 도쿄의 필수품

도쿄에 도착해서 통장부터 만들고, 핸드폰을 개통하고, 각종 생필품을 사고 보니 수중에 남은 돈은 고작 3만 엔이었다. 거기다 다음 달 월세는 3만 3,000엔. 한 푼도 쓰면 안 되는데 정착을 도와주시던 어학교의 사무장님께서 자전거는 반드시 사야 한다고 엄포를 놓으셨다. 돈이 없어서 못 산다고 했건만, 돈이 없으니 더더욱 사야 한다는 엉뚱한 답이 돌아왔다. 말인즉슨 아르바이트를 다니려면 돈이 안 드는 교통수단이 필요하다는 뜻이었다. 기숙사 근처에 있는 전철은 미타三田선이었는데 교통비가 비싼 일본에서도 하필 요금이 더 비싼 노선이었다. 확실히 자전거를 사서 타고 다니는 게 오히려 생활비를 아끼는 길이었다.

사무장님께서 데리고 가주신 자전거가게에서는 가장 저렴한 것이라며 만 엔짜리 자전거를 보여주었지만 그조차도 나에게는 너무 비쌌다. 함께 온 친구들이 각자 자전거의 색상을 고르는 동안 혼자 망설이며 가게 밖을 유리창 너머로 둘러보았다. 거리는 온통 자전거 밭이었다. 필수품이구나…. 그럼 더이상 망설일 수 없었다.

고민 끝에 하나를 고르자 가게 사장님은 경찰서에 자전거를 등록해야 한다며 자전거값에 등록비 500엔을 추가하셨다. 등록이 끝나면 자전거에 차량번호처럼 등록번호를 붙여준단다. 이후 불법주차를 하면 벌금을 내고 보관소에서 직접 찾아와야 하며, 분실 시에는 등록증에 적힌 자전거 번호를 알아야 찾을 수 있으니 등록증을 잃어버리지 말고 잘 보관하라고도 당부하셨다. 덧붙여 처분할 때도 돈을 내고 절차대로 처리해야 하며 반드시 등록취소까지 해야 한다고 했다. 마치 자동차를 사는 기분이었다.

사무장님의 추천은 옳았다. 자전거는 정말 유용했다. 전철처럼 계단을 오르락내리락하지 않아도 되었고 사람에게 치일 일도 없었다. 한숨 자고 일어나도 도착하지 않는 느림보 버스 때문에 지루해하지 않아도 되었다. 잘 깔린 아스팔트, 거의 들을 일이 없는 클랙슨, 일방통행이 많은 골목길, 사거리에서는 반드시 정차해야 하는 교통법규, 한쪽 가장자리로 걷는 사람들 등등 여러모로 도쿄는 자전거로 달리기에 불편함이 적다. 막차 시간을 신경쓰지 않아도 되고 교통체증이 없다. 어디든 정해진 구역에 묶어두면 간편하다. 물론 불법주차단속으로 트럭에 끌려간 자전거를 벌금 내고 찾아온 적도 많지만.

매일 자전거를 타는 생활에 익숙해지니 날씨와 상관없이 탔다. 비 오는 날에는 우비를 입고 달렸고 한파에는 모자와 목도리, 장갑으로 무장하고 달렸다. 덥거나 추운 계절에는 근처 목욕탕에 들어가 뜨거운 물에 몸을 푹 담그고 우유 한 병 마신 뒤, 다시 자전거에 올라탔다. 페달을 한 발 밀어내고 달리기 시작했을 때의 개운함은 표현할 수 없을 정도로 상쾌하다. "스미마셍" 하며 살살 내려가야 하는 내리막길은 사람이 없을 때 단숨에 내려가면 마음이 시원했고 낑낑거리더라도 한번에 언덕을 올랐을 땐 뿌듯했다.

어쩌다 수업과 아르바이트가 동시에 비는 날에는 동네를 벗어나 조금 더 멀리 가보는 모험도 했다. 평소 다니지 않던 길에서 느낌 좋은 가게를 발견하며 이 거리에 마음을 붙였다. 혼자 묵묵히 달리다 노을이 예쁘면 그 자리에 멈춰 한참을 바라볼 수 있었고, 도심 속에서 참아온 한숨을 불어오는 바람에 간신히 내뱉다가도 문득 뒤돌아 저멀리 빛나는 빌딩숲에 감탄하기도 했다. 모두가 집으로 돌아가 가로등만이 일렬로 서 있는 거리를 쌩쌩 달리며 자유롭다는 말의 의미를 어렴풋이 알아갔다.

자전거를 타다 울고 싶을 때는 엉엉 울어버렸고, 흥이 오르면 작게라도 소리 내서 노래를 불렀다. 라디오에서 우스갯소리가 들리면 깔깔거리며 웃기도 하고 혼잣말도 했다. 어차피 다시 안 볼 사람들, 빨리 지나가면 얼굴은 기억 못한다 생각하니 묘한 용기가 났다. 가끔 신호에 걸려 스쳐지나갔던 사람들과 재회할 때는 잠시 반대편으로 고개를 숙이고 있다 전속력으로 사라져버리면 그만이었다.

이렇게 자전거 위에서 희로애락을 참지 않는 내가 울음을 참을 때도 있다. 나름의 결심이 필요한 순간이다. '그만하자, 여기까지다.' 스스로 무언가에 마침표를 찍어야 하는 순간에는 오히려 울지 않고 꾹 참으며 자전거를 탄다. 정신차리고 마무리를 끝내야 하는 나까지 나를 놓고 울 수는 없으니까. 그러니 울지 않고 노래를 고심해 선택한 뒤 이어폰으로 크게 듣는다. 음악은 '그까짓 거 다 아무것도 아니야'라는 분위기로 만들어주는 아주 중요한 역할을 한다.

나무와 하늘이 잘 보이는 길로 코스를 정하고, 저쪽 어디선가 서성이며 쭈그리고 있을 나를 불러 내 자전거 뒤에 태운다. '내가 제일 소중해'라는 유치한 가사와 함께 괜찮아, 괜찮아 하고 뒷자리에 처져 있을 나를 달랜다. 그중에는 어른이 되지 못한 어린 나도 있었고, 도전하지 못하는 겁쟁이인 나도 있었고, 어리석었던 선택으로 면목 없는 나도 있었고, 인연이라 믿었지만 이미 끝나버린 누군가를 미련 가득하게 기다리는 나도 있었다. '어떤 나'도 모른 척하지 않았다. 괴롭고 고통스러워도 꼭 불러다 뒤에 태웠다. 비가 오나 눈이 오나 바람이 부나 햇볕에 쓰러질 것 같은 날에도 상관없이 달렸다.

목구멍으로 울음을 몇 번 삼키고 나면 점점 삼키기가 편해진다. 그렇게 더이상 삼킬 울음이 없을 때 집으로 간다. 어깨도 아프고 다리도 아프니 그만 가자, 달리던 내가 말하면 뒤에 탄 내가 그러자, 하고 대답한다. 그렇게 수없이 많은 날을 자전거 위에서 결심했다.

시간이 지나 어학교 시절부터 비밀 연애를 이어오던 지금의 남편과 결혼하고, 아이들이 태어나서도 자전거는 나에게 큰 역할을 해줬다. 아이를 어린이집에 맡기기 전에는 자전거에 유아 시트를 달아 매일 아이와 함께 옆 동네 공원을 탐방했다. 일이 있어서 외출할 때도, 짐이 많아 지하철 타기가 힘들다 싶을 때도 앞에는 아이를 태우고 뒤에는 짐을 실은 채 웬만한 거리를 다 자전거로 이동했다. 아이용 자전거 시트는 몸을 감싸는 형태라 아이가 무던한 성향이라면 달리는 동안에도 아이는 편안하게 낮잠을 잘 수 있다. 그래서 일부러 낮잠 시간에 맞춰 이동할 때도 많았다. 두 살까지는 앞에 태우다 몸통과 다리가 길어지면 뒷좌석에 시트를 옮겨서 설치해야 했는데, 그전에 자연스럽게 둘째가 태어나면서 큰아이는 자연스럽게 뒤로 물러나게 됐다.

일을 시작하기 전에는 첫째와 이곳저곳 드라이브 다니는 기분으로 자전거를 타고 다녔는데, 어린이집에 맡기게 되면서부터 자전거는 내게 군마軍馬가 됐다. 장군이 전쟁에서 승리하기 위해 빠르고 튼튼한 말이 필요하듯 내게는 자전거가 그리된 거다.

젊었을 적에 만화 〈짱구는 못말려〉 속 짱구 엄마인 봉미

선을 보며 '왜 항상 자전거에 저렇게 많은 짐을 싣고 아이까지 태운 채 미친 듯이 달릴까?' 생각했다. 하지만 이제는 안다. 그 만화는 애니메이션이 아니다. 다큐다. 아이가 둘인 부모가 홀로 장을 보고 오려면, 자전거 앞뒤로 아이 둘을 태운 뒤 장 본 물건을 앞 바구니에 터질 듯 아슬아슬하게 욱여넣은 채 안장에 올라타는 수밖에 없다. 주말을 앞둔 평일이라면 어린이집에서 찾아온 아이들 낮잠 이불과 각종 세탁물까지 주렁주렁 걸고 집으로 돌아온다. 아이만 두고 잠깐이라도 어디를 가기가 마땅치 않으니, 어린이집에서 아이들을 픽업해 그대로 슈퍼에 들르는 게 낫다. 저녁 전에 하원하는 아이들은 보통 오후 산책이 끝난 후에 곧장 부모가 데리러 오는 경우가 많아서 뒤통수에 수건이 달린 초록색 또는 핑크색 어린이집 모자를 쓴 상태인데, 그럴 때 그 또래의 아이가 있는 부모들은 서로 눈을 마주치며 '수고가 많으세요…'라는 묵언의 인사를 주고받는다.

이렇게 봉미선처럼 아이들과 짐을 자전거에 한가득 싣고 질주하는 것도 날씨가 좋으면 그나마 수월한데 비라도 오면 난감하다. 그렇다고 선택지가 있는 건 아니다. 아이들 시트엔 비닐 커버를 씌워주고 나는 우비를 입을 뿐이다. 비가 약하게 온다 싶으면 그마저도 안 한다. 우리 아이들은 들어가서 바로 씻으면 된다고 비닐 커버도 안 할 때가 많아 비가 오면 셋이서 신나게 비를 맞으며 돌아왔다. 비바람이 얼굴 쪽으로 불어 입안으로 빗물이 들어갈 때면 세 모녀가 '아아아아아' 즐거운 비명을 질렀다.

다만 빗속을 뚫고 올 때는 재밌었는데 막상 온몸과 장바구니, 어린이집 세탁물까지 모두 푹 젖어 집에 들어서면 저녁밥은커녕 그대로 욕실로 들어가 씻고 잠이나 자버리고 싶었다. 하지만 아이들이 서로의 꼬락서니가 웃기다고 깔깔거리면 그냥 다 같이 웃고 말았다. 현관에서 훌훌 벗어던진 세탁물은 남편이 퇴근하고 들어올 때 치우면 그만이지 뭐.

바람이 너무 심하게 불어서 아이들과 함께 자전거째로 흔들린 적도 여러 번 있었지만 태풍도 최악의 환경은 아니다. 가장 곤란한 것은 눈이 올 때다. 눈이 잘 내리지 않는 도쿄는 3~4년에 한 번씩 기다렸다는 듯 대설이 내리는데 조금 쌓이는 정도만으로 도시가 마비된다. 특히 골목은 눈이 쌓이면 그대로 얼어버려 앞뒤로 아이들을 태우고 짐을 싣고서는 지나갈 수조차 없게 미끄러워진다. 그럼 아이들은 걷고, 나는 짐을 실은 자전거를 끌면서 평소 자전거로 15분인 거리를 한 시간 넘게 걸려서 귀가해야 한다. 자박자박 밟히는 눈이 신기해 처음에는 신났던 아이들은 걸어도 걸어도 집이 나오지 않으니 힘들다고 투정을 부리기 시작한다. 그러면 비장한 장군처럼 우리는 자전거도, 짐도, 아무것도 버리고 갈 수 없다며 "전진해, 쓰러져도 집에서 쓰러진다!" 하고 기합을 넣는다. 이런 상황을 몇 차례 경험한 큰딸은 그후로 아침에 함박눈이 내리면 마치 교통체증을 걱정하는 월급쟁이처럼 깊은 한숨을 내쉬었다.

아이들이 오늘 어린이집에서 잘 지냈다 하면 신나서 페달을 밟았고, 속상한 일이 있었다 하면 내 자신을 밟듯 페달을 밟았다. 모든 무게를 온전히 내 힘으로만 끌고 다녀야 했기에 아이들이 스스로 자전거를 타고 다닐 무렵에는 내 어깨와 무릎이 잔뜩 상해 있었다. 가끔 도쿄에 오시는 친정엄마와 넷째 이모는 물건을 잔뜩 싣고 앞뒤로 아이를 태운 채 다가오는 내 모습을 볼 때마다 남몰래 울었다고 했다. 자전거에 타고 있는 내가 안 보인다며 짐 좀 싣고 다니지 말라고 했지만, 이 짐들을 다 맨손으로 들고 다닐 걸 생각하면 이보다 편한 게 없었다.

아이들이 초등학생이 될 때쯤 안장까지 다 망가진 내 빨간 자전거를 처분하는 날, 여태껏 무사히 우리를 태워줘서 고맙다고 몇 번이고 인사를 보냈다. 먹고사느라 어쩔 수 없었기에 독박육아라 생각하진 않았지만 지나고 보니 혼자서 고군분투했던 날들, 나의 빨간 자전거가 없었다면 아마 못 했을 거다.

어학교 사무장님의 말씀이 옳았다. 자전거는 도쿄생활의 필수품이다. 자전거는 나를 응원하고 생활도 지지해주며 새로운 것을 알아가게 만들어주는 멋진 수단이다. 두 발로 온 낯선 땅, 이제는 두 바퀴를 굴리며 낯선 땅 위를 씩씩하게 살아가고 있다.

# 담대합시다

곧잘 즐겨보던 TV 예능프로그램 〈무릎팍 도사〉의 가수 이문세 편에 돌아가신 이영훈 작곡가의 이야기가 나왔다. 이문세의 〈광화문 연가〉 〈옛사랑〉 등을 작사·작곡한 이영훈 작곡가는 '음악의 꽃은 가사'라 생각하는 내가 가장 좋아하는 음악가 가운데 한 명이다. 내 세대의 음악인이 아니었기에 그저 멜로디와 가사로만 흠모하고 있었는데 그분의 이야기가 나온다니! 내 막연한 상상 속에서 그는 무척이나 점잖고 선비 같은 성품인데 실제로는 어떤 사람이었을까 궁금했다.

이문세는 그를 겸손하고 수더분한 사람이었다고 소개하며, 암에 걸린 이영훈 작곡가와 마지막 인사를 나누던 날을 이야기했다. 그는 "누가 되었든 가야 하는 건 정해진 일, 아마도 자신은 곧인 거 같다"며 남아 있는 이들을 달래듯 "우리, 담대합시다"라고 말했단다. 그 표현은 죽음이 두려웠던 어린 나에게 굉장히 어른스러운 말이었다. 그는 자신이 써내려갔던 수많은 곡처럼 단정하고 멋진 어른이었다.

　오랜만에 떠난 가족여행에서 돌아온 날이었다. 이런 곳을 어떻게 찾았냐며, 가족 모두 최고로 행복한 여행이었다고 조잘대며 또다른 여행을 기약하고 집으로 돌아온 다음 날. 그날따라 일찍 귀가한 남편은 씻지도 않고 내 옆에 앉아 오늘부로 회사에서 해고 처리되었다고 고백했다. 더이상 숨길 수 없는 상황이 되자 내게 털어놓은 것이다.

　그때 큰딸이 다섯 살, 작은딸이 두 살이었다. 급여는 적었지만 쉬는 날이 많았고 야근 없이 오후 6시 전에 퇴근할 수 있어 우리 부부에게는 만족스러운 직장이었다. 물론 이제 아이가 둘이니 월급을 좀더 주는 곳으로 슬슬 옮겨야 하지 않을까 고민하긴 했으나 당장 그만둘 생각은 없었단다. 놀란 마음을 추스르고 자초지종을 들어보니 남편은 앞서 퇴사한 사수의 잘못을 뒤집어쓴 것이었다. 그런데 본인의 실수도 있었다며 변명 없이 모든 걸 인정했단다. 사실 해고당할 만큼 심각한 건이 아니었지만 책임을 끌어안을 사람이 필요했고, 경력이 짧은 외국인 노동자였던 남편이 타깃이 되고 말았다. 결국 2주간 지속된 간부들의 압박을 견디지 못한 남편은 퇴직금 한 푼도 받지 못한 채 그대로 쫓겨났다.

일반적인 경우는 이럴 때 억울하다고 부당해고로 노동청에 신고라고 해보겠지만, 외국인 노동자는 신고할 수 있는 위치가 아니다. 비자 문제 때문에 최대한 조용히 나오는게 최선이다. 나 역시 해고 소식을 듣자마자 바로 "비자는? 문제없이 처리해달라고 얘기했어?"라며 남편을 다그쳤고, 그는 아차 하는 표정으로 그 생각을 못했다며 다급히 회사로 돌아갔다. 나중이 되어서야, 못 만날 줄 알았던 회장이 순순히 시간을 내어주고 걱정 말라는 대답까지 해주는 걸보며 '아, 정말 내가 다 뒤집어쓴 거구나'를 느꼈다고 했다. 잘린 것도 억울할 텐데, 회사로 부탁하러 가던 그 길이 얼마나 비참했을까. 내가 다녀오라 등 떠밀어놓고 스스로 참못된 년이라며 많이 울었다.

사실 한마디 상의 없이 일이 다 끝난 뒤에 말한 것이 서운했을 뿐 당장 먹고사는 게 걱정되진 않았다. 상견례 당시 외할아버지의 판단도 그러했지만, 남편은 어떻게든 우리 가족을 먹여 살릴 사람이라는 믿음이 있었으니까. 하지만 남편에게는 펑펑 우는 내 모습이 당장 생활비를 걱정하는 걸로 보였나보다. 말주변이 없는 사람이라 걱정 말라는 말도 제대로 못하고 내 옆을 오도 가도 못한 채 종일 맴돌기만 했다. 저녁 먹자는 말에 그제야 장염에 걸려서 잘 못 먹겠다고 말했다. 남편은 이미 몇 주 전부터 회사에서 추궁을 당하고 있었기에 결국 해고 처리가 될 것을 예상하고 있었고, 내색을 못한 채 혼자 끙끙 앓다 스트레스가 심해져 신경성 장염으로 고생하고 있었던 거다. 진작 말해야지 하는 내 말에 또 풀이 죽는다. 찬찬히 남편 얼굴을 들여다보니 하루 새 얼굴이 많이 상하고 수염이 덥수룩해졌다. 그래, 당신 속이 제일 쓰리겠지… 나는 남편 손을 덥석 잡고 말했다.

"오빠, 우리 담대하자."

이 말이 쓰일 상황인지 아닌지도 모른 채 본능적으로 나온 말이었다. 남편 역시 평소 쓰지 않는 말투에 영문을 몰랐겠지만 그저 내 목소리가 상냥해지니 좋다고 웃으며 그러자 했다. 내가 웃은 것만으로 남편은 이미 마음이 편안해진 듯싶었다. 속 편하네, 흉은 봐도 내심 회복이 빠른 단순한 그의 성격이 감사했다.

시련은 무방비 상태에서 날아드는 돌멩이 같다. 가끔은 피할 새도 없이 그저 맞고 있어야 하고, 그러다보면 맞을 만한 것 같기도 했다가, 어떤 건 돌멩이가 아니라 바위 아닌가 싶기도 하다. 익숙해지지만 그래도 아픈 건 아프다. 성실했던 나날이 한순간에 물거품이 되어버린 날에는 신이 어쩜 이리도 무심하냐며 원망이 랩처럼 입에서 뿜어져나온다. 울다가 눈물도 말라버리면 세상에 저항하듯 침대에 누워 꼼짝도 안 하는 무의미한 시위도 벌여봤다. 허나 현실은 아무것도 달라지지 않았다. 변하는 건 내 몸무게와 피부탄력뿐. 상황은 그대로였고 아이들의 배고프다는 말은 무서우리만치 정확한 시간대에 들려온다.

몇 번의 반복된 퇴사와 취업, 포부를 갖고 시작했던 사업의 정리 그리고 다시 들어간 회사. 뭐라도 해보겠다는 남편은 말라갔고 나는 꾸역꾸역 자리에서 일어나 무거운 머리와 처진 몸으로 해야 하는 일들을 해냈다. 다들 이러고 사나, 나만 이렇게 힘든가 서러워진 날도 많았다. 타지에서의 도전과 실패, 포기와 좌절이 외줄타기 하듯 불안하게 이어지는 날들이었지만 얇은 줄 위에서 우리 몸뚱어리가 어느 한쪽으로 넘어가려 할 때마다 우리는 서로에게 말했다. "우리 담대하자"고.

6년 내내 명랑하게 어린이집 생활을 잘해준 큰딸이 초등학교에 들어가서는 적응을 못해 한 학기 넘게 학교에서 외롭다는 말만 울면서 반복했을 때도, 작은딸이 땅콩알레르기로 숨을 못 쉬어 구급차에 실려갔을 때도, 믿었던 거래처에게 한순간에 버려졌을 때도, 그때마다 둘이서 싱크대의 어두운 형광등만 켜둔 채 식탁에 앉아 서로를 바라보며 "담대하자, 이번에도 그러자" 하고 서로를 다독였다.

담대하자는 문장을 실제로 내뱉으면 붕 떠서 갈 길을 잃었던 마음들이 그 소리에 모여든다. 모여든 마음은 우리에게 가장 중요한 것은 잃지 않았음을 알려주었고, 그럼 조급함에 시야가 어두워져 잘 보이지 않았던 소중한 것들이 선명히 드러난다. 그 순간 시련을 넘길 용기도, 기운도 난다. 우리 부부에게 '담대하자'는 요술공주의 주문인 셈이다. '뾰로롱 뿅' 같은 화려한 효과음은 없지만.

이제는 나름 그 말에 어울리게, 마치 어른이 된 것처럼 담대한 '척'도 해낸다. 척은 척인지라 여전히 소란한 마음을 가라앉히려면 주문을 외워야 하지만, 언젠가 먼 훗날 죽음이 가까워지는 날이 왔을 때 남겨질 이들과 차분하게 눈을 맞추고 그들을 진정시켜주는 어른의 모습으로 말할 수 있기를 바란다. 나에게 '담대하자'라는 주문을 알려준 이영훈 작곡가처럼 나도 아이들에게 같은 주문을 걸어주고 떠나고 싶다. 그때는 척이 아니라 진정으로.

# 허술한 틈 사이

날씨가 하루종일 좋았던 날, 늦은 오후에는 차가운 보리차 한 잔을 들고 베란다로 향한다. 한낮의 태양빛으로 잘 달궈진 따끈따끈한 바닥을 느끼며 해가 떨어질 때까지 조금만 기다리면 신주쿠의 화려한 야경을 즐길 수 있다. 번화가에서 한 발자국 떨어져 살기에 볼 수 있는 멋진 풍경이다. 저멀리 신주쿠의 화려한 빌딩들을 멍하니 구경하는데 귓가에 달그락달그락 그릇소리가 들려온다. 옆집 언니의 저녁상 치우는 소리가 우리집 베란다까지 그대로 들리는 것이다. 일본 아파트의 특징인 '시키리仕切り' 때문이다.

시키리란 일본어로 '칸막이'인데 일본 주택의 베란다 가벽을 가리키기도 한다. 일본 여행을 하다 아파트를 본 적이 있다면 금세 떠오릴지도 모르겠다. 한국의 베란다는 철골과 두꺼운 시멘트로 확실하게 가구가 구분되어 있지만, 지진 때문에 목조 건물이 많은 일본에서는 화재가 났을 때 도망치기 쉽도록 집마다 나무판자로 가벽이 만들어져 있다.

도쿄에 처음 온 날, 도둑이라도 들면 어쩌지 싶을 정도로 허술해서 나를 불안케 했던 이 베란다 가벽은 소리를 차단하지 못해 옆집 생활소음을 그대로 전달해준다. 그래서 옆집 베란다에서 인기척이 들리면, 위험해서 몸을 내밀면 안 된다고 아이들에게 말하면서도 슬쩍 가벽 너머로 옆집 언니가 빨래 너는 모습을 확인한다. 그러고는 얼굴도 보지 않고 가벽을 중간에 둔 채 오늘 비가 온다든지, 마트 세일이 오늘까지니 잊지 말고 가보라든지, 남편들이 늦는다고 하니 아이들 데리고 같이 저녁을 먹자는 등 사소한 이야기로 수다를 떤다. 물리적 경계가 허술해지는 만큼 사람 간 거리 감도 너그러워지나보다.

도심 곳곳에 자리한 유료양로원은 일반 맨션과 다름없는 모양이지만 가벽 없이 베란다가 통으로 연결되어 있다.

"저분들은 베란다로 바로 나가서 왼쪽 방 할머니가 자나 안 자나, 오른쪽 방 할아버지는 외출에서 들어왔나 아직인가 하고 들여다보겠지?"

우스운 상상을 하는 내게 남편이 응급시 빠르게 대처하려고 가벽이 없는 거라며 진지하게 대답해줬다. 살짝 숙연해지면서도 가족과 떨어져 짐 싸들고 여생을 마무리하기 위해 들어온 곳에서 불현듯 외로움이 덮쳐오면 슬쩍 서로를 들여다볼 수 있어서 다행이다, 고독사는 없겠구나 하고 얼굴도 모르는 노인들의 안위가 안심되었다.


작정하고 늦잠을 자던 어느 날 옆집 언니가 화내는 목소리에 깜짝 놀라 깰 때도 있고 반대쪽 집의 모녀가 악을 쓰며 싸우는 소리에 걱정이 들 때도 있다. 놀란 마음에 투덜대면서도 이 옆에, 여기에 누군가 있구나 싶은 정겨움에 그 소음이 좋다.

가벽과 벽 사이 아이 손가락이 겨우 들어갈 만한 작은 틈에 귀 한쪽을 대고 자기들끼리 뭐라고 속닥거리는지 낄낄거리다, 쿵쾅거리며 방으로 들어가 빨강 색종이랑 노랑 색종이를 들고 나와 좁은 틈 사이로 살살 건네주고는 또 뭐라고 낄낄거리는 아이들을 보고 있자니 저 허술하고 불안한 가벽이 나만 마음에 드는 건 아닌 듯싶다.

# 도쿄는 6월과 11월이거든

'도쿄에 들를 테니 만나자'는 연락이 매해 벚꽃 시즌과 연말을 앞두고 많이 온다. 하지만 이때는 일본인들도 이동이 많은 시기라, 막상 날짜를 맞추다보면 대부분 부담스러운 비행기값과 호텔비 때문에 결제가 망설여진다는 결론으로 빠진다. 일정을 조금 늦추어 6월에 오거나 연말 직전인 11월에 올 것을 추천하면 "그때 가서 뭐 하는데?"라는 심드렁한 대답이 돌아온다. 그때마다 나는 "아직 도쿄를 모르는군" 하며 일장연설을 늘어놓지만… 대부분 설득에 실패한다.

섬나라답게 겨우내 바닷바람이 뼈를 시리게 하다가 매

화와 목련이 빼꼼 얼굴을 들이밀 무렵이면 바람의 감촉이 달라진다. 그 사실을 눈치챌 즈음에는 벚꽃의 봉우리가 곳곳에 봉긋하다.

서서히 따뜻해지기 시작한 날씨에 벚꽃은 만연하게 피지만, 묵직한 나를 한 방에 휘청거리게 만들 만큼 거센 바람이 종종 분다. 이름하여 '하루이치반春一番', '하루이치'라고도 줄여 말하는데 겨울 끝물에 봄春과 함께 찾아오는 첫번째一番 남풍이다. 봄바람이라지만 살랑이지 않고 초속 18미터나 되는 강한 바람이라 "내일은 하루이치반입니다"라는 날씨예보가 나오면 방풍 대책이 필요하다. 거센 바람을 견뎌야 하지만 동시에 '이제 벚꽃을 감상할 때군' 하며 기대되는 것도 사실이다. 벚꽃이 아름다운 이유는 사정없이 부는 바람에 휘날리기 때문이니까.

일본인들이 흩날리는 벚꽃을 사랑하는 건 분명하지만, 나무 아래 돗자리를 펴고 꽃놀이를 즐기는 이유는 따로 있다고 본다. 낮부터 벚꽃나무 밑에 자리잡고 앉아 맥주를 한 캔 두 캔 마시다, 초저녁 즈음 내가 꽃인지 네가 꽃인지 알 수 없는 밤 벚꽃 특유의 몽환적인 분위기에 취해 어제오늘 그리고 내일 있을 근심을 잊어버리는 순간 때문일 것이

다. 하지만 벚꽃은 고작 하루이틀 풍성하게 매력을 뽐내고
는 봄비와 함께 사라져버린다. 바람에 흔들리는 걸 한두 번
즐기면 미련 없이 다 휘날려버리고, 그럼 또 만취할 봄밤을
내년까지 기다려야 하니… 매몰찬 벚꽃이다. 그러니 벚꽃
을 보기 위해 4월에 도쿄로 오겠다면 천운이 필요하다.

  벚꽃이 지나간 자리는 푸르른 새잎들로 무성해지고, 5월
초 황금연휴가 지나면 얇은 긴 바지에 가벼운 재킷 차림으
로 나들이 다니기 즐거운 날들이 시작되지만 꽃가루라는
불청객도 함께 찾아온다. 일본 최북단인 홋카이도를 제외
한 거의 모든 일본 거주자들은 이 시기에 콧물을 훌쩍거리
며 눈이 벌겋게 부어오른 채 마스크를 끼고 터벅터벅 걸어
다닌다. 코로나 때문에 마스크를 착용하는 군중이 낯설지
않아졌지만, 과거 도쿄에 놀러온 지인은 좋은 날씨에도 마
스크를 쓰고 역에서 우르르 몰려나오는 사람들에 놀라워
하곤 했다.
  이렇게 5월 말까지는 꽃가루 때문에 맑아도 청명한 날이
적다가, 6월에 접어들면서 먼저 시작되는 아래 지방의 장
마 영향으로 도쿄에는 며칠에 한 번씩 시원하게 비가 내린

다. 장마의 예고편을 보는 듯 왕창 쏟아지는 빗줄기가 희뿌
연 꽃가루들을 전부 걷어내고 나면 드디어 파란 하늘이 모
습을 드러낸다. 이때 다시 한번 건조했던 공기의 촉감이 스
윽 하고 바뀐다.

가벼운 옷차림으로 선글라스 하나 끼고 설렁설렁 걸어
다니기 좋은 햇살, 23~25도의 포근한 온도에 습기가 적당
히 채워져 살결에 닿는 공기마저 상쾌해지는 시기. 그려넣
은 듯 구름이 몽실몽실 떠다니고 구름이 없는 구역은 눈부
시게 청명한 하늘을 볼 수 있는 시기. 선선한 바람이 부는
초저녁부터 테라스에 앉아서 화이트와인이나 생맥주를 마
시다 고개를 들면 어느새 어두워진 밤하늘의 별이 잘 보이
는 시기. 5월 연휴에 지출이 많았고 8월 휴가가 다가오니
현지인들은 소비를 절제하고 있을 시기, 그 덕에 관광지가
많이 붐비지 않는 이 모든 시기가 바로 6월이다.

하루종일 걸어다니며 이름 모를 거리의 한껏 풍성해진
나무들만 쳐다봐도 좋고, 도시 곳곳에 옹기종기 피어 있는
여름 꽃들을 감상해도 좋다. 해가 길어져 오묘한 보랏빛 하
늘은 오후 6시부터 7시까지 그림자 지는 저녁노을을 넉넉
하게 내어주니 아침부터 밤이 될 때까지 도시 걷기 탐방에

제격인 6월이다. 두 다리가 팅팅 부을 정도로 걷고 나면 잡생각은 온데간데없고, '오늘 저녁에는 무얼 먹을까, 뭐든 맛있을 텐데' 같은 단순한 고민만 남게 된다.

산뜻한 6월을 지나보내면 비로소 장마가 시작된다. 여름의 시작을 알리는 서막이다. 주륵주륵 지겹게 내리는 비에게 '이제 우리 그만 헤어지자…' 애원할 때쯤 아무 일 없었다는 듯 반짝하고 해가 떠오른다. 그때부터가 습기 99프로를 자랑하는 도쿄의 한여름이다. 내가 물 캡슐 안에 들어 있나 싶을 정도로 습하다. 볕도 만만치 않다. 큰딸이 막 말을 시작했을 무렵, 볕이 얼마나 뜨거웠으면 "엄마, 머리가 아파"라며 두 손을 정수리에 얹고 울먹거렸던 적이 있다. 때문에 어린이집에서는 아이들에게 반드시 모자를 씌우고 뒷덜미가 드러나지 않도록 모자 뒤편에 작은 수건도 달아준다.

찜통 안에 있는 듯 뜨거웠던 두 달 동안의 여름 날씨가 잠잠해지는 건 9월도 지나 10월이 되어서다. 이때부터 슬슬 일교차가 생기면서 가을로 갈 준비를 한다. 아직 습기는 남아 있다. 한여름보다는 여행하기 좋은 날씨지만 이때는 비행기값과 숙소비가 아름답지 않다. 한국에는 추석이 있고 일본도 한여름에 미뤄놓았던 이벤트들이 많을 시기기 때문이다. 그래서 추석연휴를 노려 도쿄 여행을 계획했다가 '아무래도 다음 봄에 갈까봐' 하는 경우가 많은데, 사실 바로 그다음달인 11월이 일본에서 제일 한가한 달이다. 12월이 연말과 크리스마스로 바쁜 달이라 현지인들은 웬만하면 아무런 이벤트가 없는 11월에 소비를 줄인다. 그 덕에 호텔과 레스토랑 예약이 비교적 수월하고 가격도 저렴하다.

게다가 도쿄의 가을은 한국보다 느린 11월이다. 은행잎이 노랗게 물들고 낙엽들이 한껏 분위기를 내며 습기가 사라진 산뜻한 바람이 분다. 6월에는 거리 여행을 추천했다면, 11월에는 공원을 다녀야 한다. 도심 한복판에 잘 관리된 크고 작은 공원들이 많다. 걷다 앉다, 때론 누웠다 다시 걷다보면 '바닷가의 노을과 울창한 숲만이 위로를 주는 게 아니구나, 오래된 큰 나무도 얼마든지 위로가 되는구나' 깨닫게 된다.

차분해진 도시의 채도처럼 내 마음도 차분히 눌러 천천히 걷고 천천히 바라본다. 도시의 색과 보수적인 도쿄의 건

물들의 조화가 멋지다. 이 시기에는 도쿄의 야경도 왠지 쓸쓸해서 12월보다 11월에 한 해를 생각한다. 마지막 멋을 뽐내고 떨어지는 낙엽을 보며 나도 내 할일을 잘 마무리했는지 돌아본다. 온 도시가 차분해지는 달이다.

만약 6월과 11월의 도쿄에서 나와 같은 걸 느꼈다면, 우리는 가장 흔하지만 가장 완벽하게 위로받는 방법을 찾은 건지도 모른다. 익숙해져 잊어버렸던 감각을 낯선 곳에서 발견한다면 내 터전으로 돌아갔을 때 무심히 스쳤던 것들이 눈에 들어온다. 이보다 더 큰 여행의 효과가 있을까?

6월과 11월은 도시의 채색이 전혀 다르다. 선명해지려는 6월과 차분해지려는 11월. 사실 도쿄에서 즐길 수 있는 것들이 가장 적을 때이긴 하다. 벚꽃도 없고 바다에 들어갈 수도 없고, 후지산의 눈도 반은 녹아 있으며 세일 기간도 아니다. 하지만 그래서 가장 여유로운 시즌. 떠나온 곳에서 낯선 일상을 보내고 싶다면 이때다. 아무도 선호하지 않는 6월과 11월.

# 수국과 작은곰

하늘이 원 없이 비를 뿌린 다음 날이면 어김없이 청명한 하늘에 시원한 바람, 그림 같은 구름이 둥둥 떠다닌다. 길거리의 꽃들은 싱싱하고 나뭇잎들은 푸르름을 더해간다. 담장 너머 미모를 한껏 자랑하듯 피어 있는 수국은 전날 보약처럼 흠뻑 맞은 비 덕분에 진하고 풍성해진다.

하루종일 실내에 있는 일정이라면 쾌청할 다음 날을 기대했겠지만, 평일인 그날은 이 빗줄기가 야속하기만 했다. 퇴근길에 어린이집에 들러야 하는데… 사선으로 빗물이 부딪치는 창문을 보며 아이들 데리러 갈 걱정에 한숨부터 났다. 웬만한 비라면 우비를 뒤집어쓰고 자전거를 타고 갈 텐데, 우산이 뒤집어질 비바람에는 아이 둘에 짐까지 주렁주렁 매단 채 빗길을 달릴 엄두가 안 나 집까지 셋이서 걸어가야 했다. 퇴근 무렵에는 바람이 잠잠해지길 바랐지만, 내 염원과 다른 바깥 풍경에 벌써부터 축축하게 젖어 목이 다 쉰 채로 집에 도착할 내 모습이 그려졌다.

아니나 다를까, 집으로 돌아가는 길 내내 빗줄기가 위에서 아래로 오는 게 아니라 비스듬히 온몸으로 들이쳤다. 나는 얼른 집에 가고 싶은 마음에 빠른 걸음으로 걸으며 아이들에게 얼른 오라고 소리쳐 재촉했다. 엄마 목소리가 심상치 않게 들렸는지 이번에는 아이들이 나를 지나 앞으로 빠르게 걸어갔고, 그럼 나는 또 반대편에서 빗물 튀기며 달려오는 자동차를 조심하라고 버럭했다. 그렇게 엎치락뒤치락 셋이서 걷다가 신호등에 멈춰 섰다.

자전거도 지나가고 차도 빠르게 달리니 엄마 옆에 딱 붙어 있으라고 잔소리를 늘어놓으려는데, 아이들은 내 말을 한 귀로 흘리며 풍성하게 핀 남의 집 마당의 수국을 올려다보고는 빙그레 웃고 있었다. 수국이가 예쁜 건지 수국 보는 내 딸들이 예쁜 건지, 그 풍경이 너무나 아름다워서 젖는 게 싫다고 골내며 왔던 내가 멍청이 같았다.

お山に 雨が 降りました。

산에 비가 내렸어요

あとから あとから 降ってきて チョロチョロ 小川が できました。

산 위에서부터 위에서부터 내려서 졸졸 개울이 생겼어요


일본의 유명한 동요 〈비 올 때 작은곰あめふりくまのこ〉 속 작은곰은 비가 많이 내려 생긴 작은 강에 혹시 물고기가 있을까 엿보고, 좀 있으면 물고기가 올까 기다리며 물도 떠 마시다, 멈추지 않는 비에 나뭇잎 우산을 쓴다.

큰아이는 조심스러운 성격 때문인지 빗물에 생긴 웅덩이를 차마 밟지 못하고 허리 숙여 물끄러미 쳐다보고는 했다. "첨벙해봐" 하면 "많이 깊어?" 하고 되묻던 아이. 반면에 작은딸은 웅덩이만 보면 달려들어 발을 구를 때마다 튀어오르는 물방울에 자지러지게 웃었다. 물고기를 기다리는 작은곰이 우리집에 두 마리나 있는 거 같아 함께 비를 맞으며 걷는 그 순간이 즐거워졌다.

"오야마니 아메가お山に 雨が…"

신호등이 바뀌기 전, 조회시간에 선생님의 전자피아노

반주에 맞춰 목이 터져라 불렀을 노래의 첫 소절을 슬쩍 불러주었다. 그러자 빗소리에도 엄마 목소리에도 지지 않겠다며 딸들은 더 큰 소리로 동요를 불렀다.

성인 손 두 뼘만 한 아담한 다리로, 등짝보다 큰 배낭을 멘 채 45도로 기울어지는 우산을 양손으로 꼭 쥔 아이들은 이미 정수리를 제외한 온몸이 흠뻑 젖어 있었다. 하지만 전혀 개의치 않아 했다. 오히려 장화를 신었으니 괜찮겠다 싶었는지 비로 만들어진 웅덩이를 힘껏 첨벙거리며 걷기 시작했다. 그날 집에 와보니, 아침부터 비가 와서 모래놀이도 못 했을 텐데 아이들의 젖은 바지에는 흙이 한가득이었다.

오늘 저녁도 6월 초 장마가 시작되기 전, 장마 같은 비가 쏟아지고 있다. 저녁식사를 준비하는데, 둘째가 보는 어린이 방송에서 6월의 동요로 〈비 올 때 작은곰あめふりくまのこ〉이 흘러나온다.

"오야마니 아메가お山に 雨が…"

밥을 차리다 말고 동요를 따라 부르니 둘째가 웃는다. 아련해진 추억에 웃는가 싶었는데 엄마가 요리하다 말고 어린이 방송 속 동요를 따라 부르는 모습이 웃겨서 웃는 것 같다. 댄스학원에서 돌아온 첫째에게 "비 오는 날 우리 이 동요 많이 불렀는데" 슬쩍 떠보니 "그랬던 거 같기도 하네" 흘리듯 대답하고는 배고프다고 차려놓은 밥을 서둘러 먹는다. 문득 어느 6월의 수국도 작은곰도 그리워진다.

# 터널을 지나는 법

우리는 지금 터널을 지나는 중이다. 금방 지나가리라 믿었던 캄캄하고 길게 뻗은 터널은 끝이 보이지 않고 계속 이어진다. 멀미가 날 지경이지만, 동굴이 아니고 지나갈 터널이니 다행인 것 아니냐며 서로에게 최면을 걸어준다. 터널을 달리다보면 희미한 빛이 서서히 강렬해지는 순간이 온다. 그럼 숨 한 번 내뱉는 사이에 터널을 빠져나오게 된다.

통과한 후, 기대하던 풍경과 사뭇 다른 곳에 다다른 적도 있지만 새로운 이정표를 보며 가고 싶은 곳을 선택할 수 있으니 터널 끝이 어떤 곳인지는 중요하지 않다. 언젠가 나올 출구를 향해 멈추지 않는 것이 중요하다.

오랜만에 친구에게 전화가 왔다. "어떻게 지내니?" 하는 가벼운 물음에 돌아오는 답이 가볍지가 않다. 친구는 참아졌던 것들이 참아지지 않아 마음이 힘들다고 했다. 마음이 힘들어서 참아지지 않는 걸 수도 있다고 조심스럽게 답해주었다. 그러자 "어느 쪽이 원인인 건지, 지금은 그런 생각조차 힘들어. 모든 게 최악이야"라며 이내 울음을 터트렸다.

불안해 보이던 삶을 "괜찮아"라는 말로 덮어놓고 버티던 모습보다 늦은 밤 술기운을 빌려 두서없이 쏟아내는 말과 울음에 오히려 안심했다.

"울어. 제때 할일을 하고 살아야 살아지는 거야. 지금은 울어야 할 때야."

너는 요즘 어떻냐고 되묻는 걸 보니 조금 마음이 가라앉은 듯하다. 대답이 망설여졌다. 나도 최악이야, 툭 던져볼까. 사실 나도 미칠 지경이라고 좀 털어놔볼까 하다 "나야 똑같지 뭐…" 하고 말끝을 흐렸다.

자신의 무게로 허덕이는 그녀에게 내 고통도 만만찮다고 '고통 배틀'을 거는 것이 무슨 도움이 될까 싶었다. 내 상황이 더 최악이라고 열심히 설명해봤자 그것은 결국 타인의 고통일 뿐 내 고통에 비할 바 아니다. 그럼에도 착한 그녀는 힘든 와중에 내게 '그래도 너는 이래서 다행이고 저래서 괜찮잖아'라는 덕담을 해야 한다는 의무감이 들 것이고, 그런 위로를 들은 나 역시 내 힘듦을 이해받지 못했다는 서운함이 남을 터였다. 손을 먼저 뻗은 것은 그녀니 내 몫은 뒤로 밀어두었다.

발악을 해서라도 벗겨낼 여지가 있는 문제들은 아무런 힘이 없다. 가느다랗더라도 희망은 찬란한 빛을 뿜어내기에 그 가닥을 움켜잡고 돌진하면 된다. 그 과정에서 엔진이 고장나고 차체가 상처와 흠으로 망가진다 해도 상관없다. 고칠 수 있는 문제들이다.

반면 정말로 힘이 센 문제들은 이대로 영원히 변하지 않고 선택의 여지가 없이 멈춰 있을 것들이다. 울던 그녀가 가장 두려워했을 것 또한 '영영 이대로'라는 무기력이었다. 기다린다고 해결될 거 같지 않은데 그 외에 어쩔 도리가 없는 상황들이 가장 강력하게 사람을 옭아맨다.

그날은 나대로 심란했던 터라 남편에게 한껏 한풀이하고 누운 자리였는데, 새벽에 걸려온 친구의 전화에 온 힘을 다해 위로했다.

"걱정하지 말고, 그 상황에서 그런 마음은 당연하다고 여기면서 스스로 달래봐."

스스로에게 인색하게 구느라 아끼고 아끼던 희망의 메시지도 우르르 말해주며 전화를 끊었다. 걱정이라는 우물 안에 갇히면 모든 게 성가셔진다. 누구에게 말한들 해결되는 것 없이 흠만 잡히거나 '나는 너보다 더 힘들어'라는 핀잔이 돌아오지 않을까 괜한 눈치가 보이고, 무엇보다 나의 괴로움을 설명할 에너지 자체가 없다. 복잡한 상황을 견디는 것만으로 꽤나 많은 에너지를 쏟아내고 있어서 다른 행동은 벅차기 때문이다. 나는 그저 지나가기를, 마음을 구겨놓은 채 이편이 효율적이라고 똑똑한 척 방치해뒀지만, 그녀는 나에게 자기 마음을 꺼내 보였다.

그녀 덕분에 나도 조금은 구김이 펴졌다. 위로해보겠다고 뱉었던 말들이 다시 내 귀로 들어오고, 공감해보겠다고 들여다봤던 그녀의 마음속에서 내 마음을 발견했다. 말로 전하는 위로는 부질없다던데, 그날 밤 우리는 가장 따뜻하게 서로에게서 말로 위로받았다.

사실 내가 해준 거라곤 동굴인 줄 알았던 그곳이 사실은 터널이라고 알려준 것밖에 없다. 지루하고 숨 막히는 이곳에도 반드시 출구가 있으니 우선 앞으로 나아가야 하고, 그러기 위해서는 질질 끌어서라도 데리고 나가야 하는 자기 자신을 잘 돌보라고 일러줬다.

세상살이, 혼자서는 한계가 있다. 제일 최악이라고 여겨지는 날에도 반드시 나를 붙잡고 싶다는 사람이 있다. 도와달라고 내밀어진 손을 뿌리치지 말고 잡아주자. 그럼 언젠가의 어느 날, 씩씩해진 그가 덥석 나를 붙들어줄 거다. 그렇게 서로가 서로를 붙들고 가는 거다.

# 묵묵히 흘러가는 시계처럼

한 배에 있던 쌍둥이도 세상에 나오는 순서가 있건만, 떠나는 순서는 없다. 아직 환갑도 안 된 아빠는 친구들과 술 마시고 들어와서 주무시다 떠나셨다. 의사 선생님은 주무시듯이 가셨을 거라고, 고통도 없었을 거라고 하셨다. 괴롭지 않았을 거라니 다행이다 싶지만, 한숨 자려고 누웠던 그 자리가 죽음의 입구가 된 것이 가엾기도 했다. 죽음을 원하는 사람은 없다. 스스로 선택했다는 사람조차 선택의 패가 하나밖에 없다고 비참하게 믿었을 뿐 그 결말을 분명 원했던 것은 아닐 거다. 그 어떤 죽음이라도 애도하는 것이 사람의 도리라고 말하는 이유도 그 때문이 아닐까.

그날 아침은 날이 참 좋았다. 겨울이 가고 맞이한 봄 날

씨였다. 빨래를 잔뜩 걸어놓고 출근했는데 일하는 곳에 도착하니 갑자기 비가 쏟아져 물난리가 났을 베란다가 걱정스러웠다. 잠깐 내리다 말 거라는 직장동료 연수 언니의 말대로 다행히 곧장 해가 나왔지만, "괜히 걱정했네"라 말하고 돌아서기 무섭게 순간적으로 구름이 하늘을 가리더니 다시금 직선으로 쭉쭉 비가 내렸다. 우산 있냐고 다들 호들갑을 떨 때쯤 다시 햇살이 사방을 비췄다.

'오늘 날씨 참 변덕이 심하네. 어느 장단에 맞춰야 하는 거야?'

원체 그런 제안을 하지 않던 나였지만, 갈팡질팡하는 날씨 탓을 하며 오늘은 퇴근 후에 맥주 한잔하고 가자고 연수 언니를 꼬드겼다. 옆에 있던 미얀마 친구는 덤이었다. 저녁에 일정이 따로 있어서 맥주는 안 되고 커피나 마시고 일찍 일어나자 해서 다 함께 퇴근길에 카페로 향했다.

셋이서 한창 수다를 떠는데 갑자기 테이블이 덜덜 떨렸다. 누가 다리를 이렇게 떠나 싶어 대체 누구야 하고 테이블 밑을 보려는 순간, 주방에서 사람들이 뛰쳐나왔다.

"지진이에요!"

그 말과 동시에 테이블이 심하게 흔들리기 시작했다. 앉아 있는 의자가 파도 위 배처럼 옆으로 출렁거렸다. 도쿄역 철도 아래쪽 가게에 있던 우리는 거세지는 진동에 겁이 나 밖으로 나가려고 짐을 챙기기 시작했다. 그러자 점장이 철도 아래가 가장 안전한 곳이니 모두 가만히 있으라고 지시했다.

꼼짝없이 바닥에 붙어 창밖을 살펴보았다. 도쿄역의 바로 앞 빌딩에서 외관 작업을 하던 인부가 로프에 매달린 채 이리저리 흔들리고 있었다. 정확히는 인부가 아니라 건물이 흔들리는 거였다. 고개를 위로 한껏 꺾어야만 꼭대기까지 볼 수 있는 빌딩들이 엿가락 흔들리듯 휘청휘청 좌우로 휘어졌다. 지구에 종말이 왔구나, 삶이 이렇게 끝나는구나. 영원히 멈추지 않으면 어쩌나 걱정이 들 때쯤 진동은 점점 사그라졌다. 정신을 차리고 시계를 보니 분침이 딱 한 칸 앞으로 옮겨가 있었다. 본격적으로 흔들리기 시작해 우리가 느꼈던 공포는 고작 1분이었다. 그 짧은 순간에 죽음이 코앞까지 왔다 사라졌다.

진동이 잠잠해지자 빌딩숲에서 사람들이 쏟아져나왔다. 엎어진 컵에서 물이 밀려나오듯 거대한 파도가 된 사람들은 철도 아래로 모여들어 몸을 숨겼다. 이곳이 정말 안전한 곳이었구나. 변덕스러운 날씨로 부린 즉흥 덕분에 커다란 공포가 찾아왔을 때 가장 안전한 곳에 있었던 셈이다.

2011년 이후로 매년 3월 11일에는 추모식이 열린다. 오후 2시 45분이 되면 묵념의 시간을 갖는데, 모든 방송국에서 생방송으로 묵념 화면을 송출해 모두가 그 시간을 함께할 수 있도록 한다. 잠시 일상이 멈추는 시간이다. 벽에 걸려 있던 시계가 진동으로 바닥에 떨어지고, 건전지가 분리돼 그대로 멈춰버린 시간. 흔들림이 멈추면 안전할 줄 알았지만 곧이어 맞닥뜨린 파도가 전부를 삼켜버리며 누군가의 생이 멈춘 시간, 그리고 남겨진 이들에게도 멈춘 시간일 테다.

이날은 온종일 동일본대지진에 대한 다큐멘터리가 방송된다. 10년이 훌쩍 지나 벌써 세월이 그렇게 지났구나 싶지만, 우리가 까맣게 잊고 지내는 동안에도 한순간을 잊지 못해 아직도 그곳에서 혹시나 하는 마음으로 살아가는 이들의 이야기가 담겨 있다.

아내와 큰딸을 잃고 작은딸과 살고 있는 한 아버지는 초등학생이었던 작은딸이 이제 전문학교를 가면서 독립하게 되었다며, 마음 놓고 아내와 큰딸의 시신을 찾으러 갈 수 있어 마음이 한결 놓인다 했다. 손바닥만 한 작은 뼛조각밖에 찾은 게 없어 이 죽음을 도저히 받아들일 수 없다며, 여기 어디쯤 다른 흔적이 있을 거라며, 매일 그날의 그 자리로 가본다고 한다. 가족의 이름을 소리 내서 부르지만 파도소리만 들릴 뿐, 그곳에는 시간이 멈춘 한 노인만 있었다. "아내와 큰딸을 따라가고 싶었지만 내가 가고 나면 작은딸은 어떻게 합니까?"라고 애써 멋쩍게 웃으며 먼 바다를 바라보는, 살아도 사는 것 같지 않았을 그도 살아가는 것 외엔 어쩔 도리가 없었을 거다.

크고 작을 뿐이지 이곳은 매일 흔들린다. 지진이 잠잠하다 싶으면 산사태와 태풍이 밀려와 쓸고 간다. 한순간에 모든 것이 사라지는 광경이 상처가 아물 틈도 없이 일어난다. 아무것도 하지 않고 집에만 있어도 닥쳐오는 죽음, 인생의 허무함이 이곳에 사는 모두의 내면에 깔려 있다. 타인에게 피해 주는 것을 가장 무례하다 여기면서도 정반대로 나밖에 없는 사고방식이 공존하는 이유가 그 때문일 거다. 삶은 공허하지만 주저앉을 순 없으니 일상을 묵묵히 살아가는 게 최선이라고 나름의 답을 찾은 게 아닐까.

서울에서 자동차가 갑자기 인도로 돌진해 크게 사고가 났다는 뉴스를 보았다. 놀란 마음에 사람들은 좀 괜찮냐 물었더니 친정엄마는 "내가 괜찮다고 해서 모두가 멀쩡하게 산다고 볼 수 없다"고 답했다. 우리는 누구나 늘 등뒤에 죽음을 붙이고 살고 있으니 사고는 언제든 나에게도 일어날 수 있다. 동일본대지진 때 느꼈던 1분 동안의 공포. 그때 죽음이 코앞까지 왔다가 사라졌다고 생각했지만, 죽음은 투명해졌을 뿐 항상 뒤에 붙어 있다.

누구도 원하지 않을 죽음을 누구나 업고 사는 일상. 어느 날 타인에게 일어난 비극을 마주하기만 해도 업혀 있던 죽음이 일순간 묵직하게 느껴진다. 불안감에 사로잡힐 때면 초침이 돌아가는 바늘을 떠올린다. 그날 멈추는 줄 알았던 내 시계는 여전히 흐르고 있다. 이렇게 산 사람의 시간은 거침없이 앞으로 흐른다. 우리는 종종 뒤를 돌아보며 우리와 함께하던 이들의 시간을 떠올려주는 것으로 본분을 다해야 한다.

## 지금, 여기, 같이

　매년 새해계획 리스트에서 빠지지 않는 것이 일본가수 아무로 나미에와 오다 가즈마사의 콘서트다. 매해 티켓팅에 실패하거나 모종의 이유로 가지 못하고 있었건만, 아무로 짱이 그렇게 멋지게 은퇴 발표를 날리고 떠날 줄은 몰랐다. 미숙하던 시골소녀가 다부진 어른의 모습으로 성장해 정상을 즐기다 그녀답게 사라졌다. 내 옷장 속 아껴두었던 버버리 스커트를 멋들어지게 입고 콘서트장에서 한국인의 떼창이 무엇인지 보여주고 싶었는데… 정말 아쉽다. 일본에서 은퇴한 연예인은 곧장 일반인이 되기에 특별한 경우가 아니라면 일상 사진이 단 한 장도 올라오지 않는다. 그렇게 나의 아무로 짱은 유니콘이 되어버렸다.

이제 나에게 남은 건 오다 가즈마사다. 매해 콘서트를 여는 그이지만, 벌써 70대 후반인 그의 나이를 생각하면 기회가 되는 대로 반드시 가야 한다. 일본 드라마를 즐겨봤던 사람이라면 그의 목소리와 동시에 가슴이 두근거릴 거다. 〈러브스토리는 갑자기 ラブストーリーは突然に〉(1991)의 오프닝 로고와 함께 눈앞에 펼쳐지는 싱그러운 영상들. 종영하고 한참 뒤에나 드라마를 보았던 나도 그의 목소리에서 청춘을 느낀다.

2011년 3월, 동일본대지진과 함께 일본은 멈췄다. 한동안 도쿄를 포함한 관동 지방의 사람들은 함부로 감정을 드러내지 못했다. 그들 앞에서 '생활 인프라가 돌아오지 않으니 발품을 팔아야 해서 수고스럽다'는 식의 엄살은 일절 꺼낼 수도 없었다. 울음소리조차 누군가를 무너뜨릴지 몰라 그 어떤 소리도 내지 못하고 모두가 숨죽였다.

TV 라디오, 연예계도 마찬가지였다. 방송프로그램뿐 아니라 민간 기업에서도 광고를 자숙했다. 채널은 채워져야 하는데 무엇도 준비된 상황이 아니었으니, 다들 서둘러 희망적인 메시지가 담긴 공익 광고를 제작했다. 대부분 유명

인들이 나와서 위로와 응원을 전하는 코멘트형 광고였다. 그러다 어느 보험회사에서 아무런 멘트 없이 음악만 나오는 광고를 만들었다. 그때 사용된 음악이 바로 오다 가즈마사의 〈분명한 것たしかなこと〉이다. 일본인들이 사랑하고 나도 사랑하는 그의 차분하고 선명한 목소리가 영상 내내 흘러나온다. 암울한 풍경들이 가득한 화면 뒤로 흐르는 그의 노래는 위로 그 자체였다.

忘れないで どんな時も きっと そばに 居るから
잊지 마, 어느 때에도 꼭 곁에 있으니까
同じ風に 吹かれて 同じ時を 生きてるんだ
같은 바람을 맞으면서 같은 시간을 살고 있는 거야

"힘내라 하지 말아요. 당신이라면 힘낼 수 있겠어요?"
인터뷰에 응했던 어느 남성의 울부짖음처럼, 간신히 두 발로 서 있는 사람에게 힘내라는 말은 너무 성의 없는 위로일 수 있다. 그들에게 필요한 건, 해가 지면 칠흑같이 깜깜해져 수색조차 할 수 없는 암담한 그곳에서 당신이 혼자가 아니라는 말이다. 오다는 그들이 듣고 싶었을 그 말들을 읊

조리듯 노래해주었다.

　TV 광고에 담긴 그 위로의 형태가 참 일본다웠다. 유난
스럽지 않게 전하고자 하는 말을 조곤조곤히 반복하며 스
며들게 한다. 추모하는 이나 상처받은 이, 어느 쪽도 편안
하지 않을 거라는 마음을 아는 듯했다. 나에게도 언제든 일
어날 수 있는 일들이 운좋게 오늘 비껴갔을 뿐 모두 비극으
로부터 자유롭지는 않다. 힘내라는 말은 나의 일이 아닌 너
의 일이니 잘 견뎌보라고, 한 발짝 떨어진 느낌이다. 하지
만 이 힘든 시간을 우리가 함께 같은 공간에서 견디고 있다
고 느낀다면 포기하고 싶은 순간에도 정말 힘낼 수 있지 않
을까. 허망한 공허함보다 뜨거운 슬픔을 함께 개어내고는
희망을 품지 않을까. 오다 가즈마사는 내게 타인을 일으키
는 가수다.

　너무나도 아쉽지만 은퇴한 아무로 짱은 뒤로하고, 올해
도 열릴 오다 가즈마사의 콘서트를 기다린다. 그의 콘서트
소식이 들릴 때면 가슴이 벅차다. 비록 또다시 모종의 이유
로 콘서트를 가지 못할지라도 여전히 생각한다. 중요한 건,
지금 여기에서 같이 살아가는 것.

# 성철이 아저씨

성철이 아저씨는 우리집에 왔을 때부터 허약했다. 늘 누워 있었으며 힘찬 걸음으로 걷는 걸 본 적이 없다. 힘 있는 목소리에 어디서나 당당한 아빠와는 정반대의 사람이었다. 그래서 아저씨가 더 싫었다. 어린 내 입에 들어가는 밥알보다 아저씨 입으로 들어가는 밥알 세는 게 더 바빴던 엄마는 늘 아저씨 걱정뿐이었으니.

그런 성철이 아저씨에게도 의외의 단호함이 있는데, 바로 틈만 나면 집을 나가는 추진력이었다. 엄마는 매번 집나간 아저씨를 찾아내 기어코 데리고 들어왔다. 가출한 사이에 더욱 왜소해진 아저씨를 엄마는 정성스럽게 보살폈고, 며칠 지나 기력을 보충시키겠다고 김치를 담그고 사골까지 끓이는 날쯤 되면 아저씨는 어김없이 또 집을 나갔다. 아마도 살 만해지니 가출하는 거지 싶었다. 또다시 아저씨를 찾겠다고 엄마마저 몇 날 며칠 집을 비우면 김치랑 사골은 내 차지가 됐다. 아저씨는 집은 나가더라도 항상 멀리 가진 않았다. 엄마는 나 때문에 도망도 못 가고 살았다지만 아저씨가 정말로 아주 멀리멀리 지방으로 사라져버렸다면 어땠을까.

이미 태백에서 우리와 따로 지내던 아빠는 성철이 아저씨를 집에서 마주한 그 새벽 이후로 두 번 다시 서울에 오지 않았다. 아저씨 때문에 아빠를 뺏겼다 생각했다. 진짜 아빠를 태백에서 돌아오지 않게 만들었으면 가짜 아빠 노릇이라도 하려나 했건만, 아저씨는 엄마랑 살 뿐이지 나에게 아빠가 될 마음은 없었다. 드라마에서는 연인의 아이에게 잘 보이려고 노력한다거나 아빠가 되어주려고 애쓰던데, 아저씨는 엄마한테 속았다고 농담인지 모를 소리만 했다. 자유롭게 연애하고 싶었을 뿐 가족으로 책임지며 살아갈 마음까지는 없었다는 것을 한참 뒤에야 깨달았다.

아저씨와 나는 사사건건 부딪쳤는데, 나는 한마디도 지

지 않고 말대꾸를 해댔고 아저씨 또한 나를 한 번도 아이로서 너그러이 봐주지 않았다. 나이를 떠나 인간 대 인간으로 싸울 수 있다는 걸 조기교육처럼 배웠다. 어떤 날에는 싸우다 말고 네가 맞는 말을 했다며 수긍할 때도 있었다. 다행스럽게도 '얻다 대고 어른한테'라는 유치한 소리는 안 하는 사람이었다.

　배움은 짧았어도 타고난 센스와 세련됨이 있었다. 엄마에게 아빠는 너무 큰 사람이라서 어려웠지만, 아저씨는 보호본능을 일으키는 나약함 속에서도 엄마 속을 들어갔다 나온 양 위로의 말을 건네는 사람이라고 했다. 아빠가 싫은 게 아니라 아저씨가 좋았다는 걸 그때는 이해하지 못했다.


　중학교에 들어가면서는 나도 태백에 가지 않았다. 그래도 사춘기 중학생이 되면서 친구들이 갖고 있는 아빠가 남들처럼 갖고 싶어졌다. 하루는 용기 내어 아저씨한테 아빠라고 불러도 되냐고 물었다. 엄마랑 살고 있고 나와도 몇 년간의 정이 있으니 허락하리라 생각했다. 하지만 아저씨는 단칼에 거절했다.

　"싫어. 네 아빠 있는데 왜 내가 아빠를 해."

희한하게 그 거절이 서운하지 않았다. 오히려 그가 어설프게 굴지 않아서 좋았다. 아저씨다운 대답이었다.

중학교 3년 동안 외할머니 댁 옆에서 홀로 자취생활을 했고 고등학교에 들어가면서부터 다시 엄마와 아저씨 셋이서 함께 살았다. 어린아이도 아니고 여물어진 성인도 아닌 내 눈엔 모든 게 못마땅해 보였다. 무엇보다 어렸을 땐 고요했던 마음속 원망이 이 시기에 요동치기 시작했다. 내 고통의 바다는 아저씨 같았다. 바다를 없앨 수는 없는 노릇이니 기꺼이 그 속으로 들어가 근원과 싸워 정복하겠다고 온몸으로 악을 쓰기 시작했다. 힘을 빼고 가만히 떠 있었다면 편안했을 것을, 밀려오는 파도를 전부 이겨버리겠다고 발버둥치고 허우적거리며 죽을힘을 다해 싸웠다. 그러고 난 뒤에는 울분이 풀릴 때까지 밤새 울었다. 매일 이유를 알 수 없는 서러움에 지쳐갔다. 엄마와 아저씨는 역시나 한 번을 수긍해주지 않고, 오히려 내 행동이 한심하다며 아무 말도 듣지 않았다.

승자도 패자도 없는 싸움을 홀로 새벽까지 이어가는 날들이 계속되자 결국 몸에 이상이 생겼다. 등교하다 전철에서 쓰러지고, 등교해서 교실에서 쓰러지고, 하교하다 길거리에서 쓰러졌다. 아직 젊었던 엄마는 굽혀주지 않는 딸의 성질머리를 탓했다. 결국 나는 고등학교 졸업과 동시에 현실 도피하듯 뉴질랜드로 떠났다. 혼자 남을 엄마는 걱정되지 않았다. 성철이 아저씨는 더이상 집을 나가지 않았고 여전히 허약했으며 언제까지나 엄마 곁에 있을 테니까.

아저씨의 태도가 달라진 건 내가 결혼한 후, 일본에 자리를 잡으면서부터다. 큰아이를 낳고 엄마와 영상 통화할 때 구석에서 몰래 쳐다보는 아저씨가 화면에 잡혔다. 아이가 나와 닮았다고 울먹거리는 모습이 멀리서 보였다. 그러나 끝까지 가까이 다가오지도 않고 멀리 소파에 앉아서 우리를 훔쳐보듯 봤다. 나중에 엄마가 아저씨에게 왜 그러는지를 물어보자, 나와 똑 닮은 큰아이를 보면 죄책감에 마음이 아프다고 대답했단다.

성철이 아저씨는 나에게 여지를 준 적이 없었다. 다정하게 굴지 않았다는 것이 아니다. 그저 아이가 혹할 만한 그어떤 행동도 하지 않았다. 처음 만났을 때부터 마치 예전부터 알고 지내던 떠돌이 나그네처럼 굴었다. 나의 '남들처럼'이라는 막연한 기대와 환상들이 우리 싸움의 원인이었다. 다만 헛된 기대를 주지 않으려 한 아저씨의 태도를 알아차리기에 나는 너무 어렸다.

나는 그 시절 아저씨와 동등하게 다투었다고 생각했지만, 어른이 된 지금 아이를 키워보니 생각이 바뀌었다. 아이는 어른과 절대로 동등해질 수 없다. 언제나 '을'인 쪽은 의지할 곳이 필요한 아이들이다. 그때 아저씨만큼의 나이가 되어서야 알았다. 내가 나이를 먹은 만큼 아저씨는 더 나이를 먹었으니, 중년 끝자락에 '어른이 아이를 상대로 어리석었구나' 하고 죄책감을 느꼈을 터였다. 아이를 낳아 길러본 적은 없지만 어쩌면 아빠보다도 나의 어린 시절을 더 선명히 기억하고 있을 아저씨는 그걸 깨닫는 데 오랜 시간이 필요했나보다. 사실 그 미안해하는 마음을 알아챘기에 일찍이 용서한 상태였다. 하지만 기회가 있어도 말로 전하지는 않았다. 조금은 성을 내고 싶었다. 나에 대한 미안함이 가시처럼 박혀 편안해지지는 말라는 못된 심보였다.


성철이 아저씨의 육신마저 화장해서 보내줬다는 메시지를 받으니 허무해졌다. 다 마셔서라도 없애고 싶었던 나의 고통의 바다, 그 바다가 갑자기 사라져버린 느낌이 들었다.

이렇게 사라질 바다에 난 왜 그리도 허덕였을까. 쨍쨍한 날들이 여전할 거라는 생각은 안 했지만 몇 년은 더 사실 줄 알았는데, 이렇게 홀연히 떠날 줄은 몰랐다. 상처투성이였던 내 어린 시절의 일들은 혼탁한 기억 덕분에 재배열되었는지, 그때 내 원망이 깊어서 아저씨의 끝이 이리 짧은가 죄책감도 들었다.

　의외로 엄마는 아저씨의 죽음을 담담하게 받아들였다. 나의 걱정에 엄마는 진작 끝난 인연이었다고 했다. 세기의 사랑처럼 굴더니 어이가 없었다. 엄마는 영원한 게 어딨냐며 대수롭지 않게 말했다. 언젠가 "네가 날 버리면 난 사람처럼 살 수 없을 거"라는 그의 말에 죽을 때까지 보신해주는 것이 당신 사랑에 대한 책임이었다 했다. 자식보다 남자냐는 비난을 평생 받으며 지켜왔던 사랑이 고작 이런 거였다니….

　엄마는 아저씨 뒤에도 새로운 사랑을 시작했고, 지금도 하고 있노라 말했다. 여전히 열정적인 사랑을 꿈꾸는 엄마는 성철이 아저씨가 당신에게 의무 같은 채무였다지만 이게 도대체 사랑이 아니면 무엇이 사랑인가 싶다. 자존심까지 내놓으며 날 버리지 말라 요청하는 마음도, 이기적이지만 사랑이 아니면 무엇인가?

　세상에 자리잡는 것보다 지금의 감정에 충실히 살아가는 게 먼저였던 그 둘의 관계는 마지막까지 지긋지긋한 사랑을 나에게 증명해 보이며 한쪽의 죽음으로 끝났다.

　성철이 아저씨는 살고 싶은 대로 살다 갔다. 폐가 굳어가는 병을 얻어 모습이 남루해지고 자식도, 가진 것도 없어 불쌍한 사람이라고 사람들은 말하지만, 엄마와 나는 안다. 그는 누구보다도 많은 사랑과 보살핌을 받았던 복받은 사람이었다.

　게다가 아저씨는 자존심이 센 사람답게 마지막까지 혼자서 두 발로 걷다 떠났다. 김장만 하면 집을 나가던 그 버릇대로, 장을 가득 봐오라고 해서 냉장고 안을 잔뜩 채워둔 채 갔다고 했다. 그 맛있는 것들을 두고 날달걀 다섯 개만 먹고 간 것도 그답다. 65년 인생에서 아침에 출근해 저녁에 일 마치고 돌아오는 삶은 채 10년도 되지 않는다. 돈 벌어다 엄마 주고 싶다던 소박한 책임감이 생긴 것도 아마 10년 남짓이지 싶다.

　엄마와 성철이 아저씨의 관계는 어느 것 하나 이해되는 게 없다. 그러지 않았을까 추측하고 이해하려고 노력할 뿐이지, 둘의 마지막 헤어짐조차 짐작하기 어렵다. 하지만 온통 의문으로 가득찬 둘의 사랑을 '사랑'이라는 큰 그릇에 넣고 보면 또 이해 못할 것도 없다. 사랑은 치사스럽고 구차하며, 미련 속에 구질구질해지는 것. '그럼에도 불구하고'라는 말로 설명되는 지긋지긋한 것.

　버리지 못한 엄마와 떠나지 못한 성철이 아저씨는 서로를 깊이 사랑했으며, 둘은 부부가 아닌 연인으로 헤어졌다. 내가 두 사람에게서 배운 건 모순적이게도 오직 사랑 하나뿐이다.

# 사랑, 그 하나

내 주변은 온통 사랑이었다. 지겹고 거칠며 뻔뻔하고 실패한 사랑들. 하지만 끝내 사랑 없이는 못 산다 말했다. 어찌 저럴까 이해되지 않는 선택도 사랑이라는 두 글자에 받아들이는 것을 보면, 삶에 필수불가결한가보다 생각했다. 우습게 여기면서도 결국 타인에게 사랑을 갈구하던 나를 봐도 그렇다.

그럼에도 그놈의 사랑, 정말 지긋지긋하다고 내게서 떼어내고 싶을 때 사랑을 외치는 사람을 만났다. 저 사람은 사랑을 많이 받아 온몸에 사랑이 가득 생겨서, 마냥 좋기만 한 이 사랑을 당신도 맛보라고 저리도 외치고 있는 걸까 궁금했다. 사랑이 지겹다며 도망쳐온 곳에서 사랑이면 다 된다고 외치는 사람을 만나니 미칠 노릇이었다.

하지만 얼마 지나 그 사랑의 외침이 달리 보였다. 좋은 물건 추천하듯 모두에게 이득이라고 소개하는 모습이, '이 세상에서 사랑 하나만이라도 영원할 수는 없을까?'라고 안타까워 묻는 것 같았다. 그 사람에게도 이 세상은 힘들기만 했고, 사랑 하나가 동아줄이 되어주는 것이었다.

불행을 극복하는 데 필요한 건 행복한 추억보다 내 마음에 품고 있는 작은 사랑 하나일지 모른다. 언제, 어디에 열렸는지도 모를 한 줌 사랑이 일순 지옥을 천국으로 바꿔준다. 순간을 버티게 만드는 힘. 이보다 더 강력한 감정은 없다. 원하는 만큼 완전히 얻을 수 없으니 이보다 더 간절한 감정도 없다. 하지만 결국 영원할 수 없다. 감정은 시간과 함께 흘러가기에 어쩔 도리가 없다. 허무하게 사라지더라도 모든 것을 부술 만큼 격렬한 힘을 갖춘 사랑은, 멈추면 죽음과 같기에 막아서도 안 된다.


사랑이라는 겉옷을 입고서 품속에 온갖 감정들이 뒤엉킨 누군가를 볼 때마다, 내 속의 사랑도 썩어가고 있지는 않을까 꺼내본다. 내 작은 사랑 하나 꺼내는데 털어내야 할

지저분한 먼지가 너무 많아 어쩔 때는 꺼내다 말고 다시 넣어둔다. 털어내면서 마주해야 하는 감정들이 적나라하게 드러나는 것이 무섭다.

사랑은 아름답고 우아하며 향기롭고 풍요로운 감정이어야 한다고, 그러니 그에 어긋나면 사랑이 아니라 버려야 하는 불필요한 감정들이라고 여겼다. 사랑을 무결하게 유지하려던 내 노력은 사랑을 더 키우지 못하고 작게 억눌러 보이지 않는 구석에 처박아두게 만들었다.

하지만 내 주변에 널려 있던 그들의 사랑은, 이제 보니 구차하고 비겁한 감정의 덩어리들이었다. 그들은 지저분하고 냄새나는 것도 사랑이라 말했다. 보기 흉하고 갖고 싶지 않은 불량품이라도 사랑은 사랑이었다. 그 간절하고 격렬한 감정이 사랑이 아니면 무엇이었을까. 용기 내서 털어내고 제대로 보았다면 더 커지고 깊어졌을 내 사랑들, 숨겨진 감정을 덜어냈다면 그 틈으로 사랑이 흘러들어가 더 큰 빛을 만들었을 텐데….

다시 보니 그의 사랑의 외침은 영원을 기대하는 것이 아니라 애초에 우리에게 사랑이 존재하였는가 묻고 있는 듯

하다. 사랑, 그 하나를 만들지 못하면서 무엇을 위해 그리
도 간절한지. 다 제쳐두고 사랑 하나만 가져보라고, 그러면
다 가진 거라고 울부짖듯 외치는 그의 목소리가 슬프다.

# 술집과 밥집 사이

한적한 주택가, 사람이 찾아올까 싶은 위치에 작은 가게들이 곳곳이 문을 열고 장사를 한다. 열 명 들어가면 넓다고 할 정도로 아주 작아서 문을 열고 들어서면 가게가 한눈에 보인다.

이런 곳은 대체로 오픈 주방이고, 그곳에서 요리하던 주방장이 "어서 와!" 먼저 인사하면 주방 입구의 작은 싱크대에서 컵을 닦던 마마(일본에서는 식당의 여성 주인을 친근하게 '마마'라 부른다)가 앞치마에 손을 닦으며 "어서 오세요" 하고 조금 더 정중하게 인사하고는 자리를 안내해준다. 혼자 테이블을 차지하기는 미안해서 카운터에 앉겠다고 하면 아직 붐비지도 않고 테이블이 시원하다며 너그러이 나를 이끈다. "손님 많아지면 옮길게요" 하고 머쓱하게 웃으며 널찍한 자리에 앉는다. 그리고 마마가 가져다준 물수건을 받으며 이제는 익숙하게 말한다.

"우선 병맥주 주세요."

흔히 '오토시お通し'라고 부르는 서비스 안주, 작은 유리잔과 시원하게 보관된 큰 사이즈 병맥주가 곧장 준비된다. 이것저것 넣고 심심하게 조린 서비스 안주는 어제 남은 재료로 만든 거래도 충분히 맛있다. 우선 맥주를 한 잔 시원하게 마신 뒤 두번째 잔을 따라두고 그제야 메뉴를 읽어본다. 매실오이와 전갱이타타키를 먼저 시키고, 시간 좀 걸리는 닭꼬치랑 생선구이도 같이 주문시켜놔야겠군.

주문하려고 마마를 부르는데, 세 걸음이면 모든 테이블에 갈 수 있을 가게에서도 마마는 분주하다. 대답이 늦어지면 요리하던 주방장이 고개도 돌리지 않고 "잠시만요~" 하고 대신 대답해주고, 일을 처리하고 서둘러온 마마가 주문을 받는다. 이 작은 가게 안에서 벌어지는 주방장의 분주한 손과 눈길, 마마의 종종걸음 덕분에 아이러니하게도 손님들은 느긋하고 편안하다. 그래서 언제나 집으로 곧장 가지 못하고 피곤한 몸은 모른 척 반쯤 밖에 걸쳐두고, 가게 문

을 살짝 열어 고개만 삐쭉 내밀며 슬쩍 물어본다.

"아직 장사해요?"

안이 잘 보이지 않는 미닫이문으로 된 낡은 가게. 스시집은 원래 손을 닦으며 나오는 용도로도 쓰여 포렴이 길고, 나머지 식당은 짧은 포렴을 쓴다. 일본에서 포렴이 걸려 있으면 장사한다는 표시지만 준비중인지 영업중인지는 문 옆에 걸린 팻말을 함께 확인해야 한다. 들어가서 기다려도 되냐 물어도 십중팔구 안 된다는 대답만 돌아올 테니 단골이라고 해서 덥석 문 열고 들어서는 이는 없다.

동네 장사는 시작하는 시간은 있어도 끝나는 시간이 대충이다. 술집의 경우, 평일에는 조금 늦은 오후에 열어서 밤 10시 즈음 정리를 시작해 11시면 영업이 끝난다. 반면 밥집은 영업시간이 규칙적인 편이다. 오전 11시에 시작해서 오후 2시 30분에 라스트 오더, 3시부터 5시 30분까지 브레이크 타임이 있고 다시 오후 9시에 라스트 오더 및 10시에 영업종료가 대부분이다.

주말은 늦은 오전부터 열 때가 많은데, 아침 겸 점심을 먹으면서 맥주 한잔하려는 손님들이 많기 때문이다. 오마

카세나 오늘의 안주처럼 주방장이 내놓는 요리에 따라 주종을 골라 마실 정도로 술에 진심인 일본인들답다.

주말에는 동행자가 있는 손님이 많아서 평일과 다르게 테이블이 빨리 채워진다. 어느 가게든 작은 TV가 있는데 주말은 경마 채널 고정이다. 나 역시 나름 식당에서 일한 경력자로서 입구에서 차림새만 봐도 어떤 손님일지 간파할 수 있다. 혼자 오는 손님 가운데 신문을 옆구리에 끼고 들어오면 백 프로 경마를 보는 손님이니 TV가 잘 보이는 카운터 자리를 준다. 경마가 끝나는 오후 4시까지 느긋하게 앉아 있다 갈 손님들이다. 아니나 다를까, 경기가 끝나면 "계산이요!"를 외치며 보고 있던 신문을 내려놓고 가는데 그럼 보통 돈을 잃은 사람이다. 반면 다 먹은 듯 보여 곧 일어나겠군 싶었는데 갑자기 사케를 시키면 돈을 딴 사람이다. 아직 손에 넣지 못한 돈이라도 찾으러 가는 길이 신나서 축하주를 한 잔씩 하는 거다. 술에 취해 다들 술 한잔 사주겠다며 '골든벨'을 울리는 사람이 있다면 길가의 큰 파친코가게에서 재미를 본 사람일 테다.

나의 인사동 피맛골 데뷔는 술을 잘 마시는 딸이라 가장 큰 보람을 느낀다던 엄마가 시켜줬다. 고갈비에 한잔할까 하길래 갈비를 사주려나 했더니, 넓적한 생선구이가 나왔다. '고갈비'가 고등어의 갈빗살을 뜻하는 걸 그때 처음 알았다. 엄마가 생선뼈에 붙은 살이 제일 맛있는 거라고, 잡고 뜯으라고 손에 쥐어줬다.

천장이 내려앉았는지 반쯤 기울어진 작은 문을 열고 들어가면, 바글바글 사람들이 모여서 술을 마시는 어두컴컴하고 허름한 공간이 나왔다. 그곳 생선구이를 안주 삼아 마시니 술이 한없이 들어갔다. 주종과 안주를 맞춰야 한다는 걸 몸소 체험했다.

계산하고 나가려니 주인아주머니가 긴 밧줄을 잡아당겼다. 그러자 문이 스윽 하고 열렸다. 자동문이구만, 깔깔거리며 나온 가게 앞. 바깥에서 생선 굽는 냄새가 가게 내부보다 더 진하게 훅 들어온다.

"다음번엔 광장시장 생태찌개집 가자."

배가 꺼지기도 전에 구이를 먹었으니 국물을 먹자며 다음 약속을 잡는다. 우리는 미식가는 아니지만 안주 메뉴가 겹치는 걸 참 싫어해서 동네 곳곳의 반주가게들을 알차게 꿰고 있는 편이다. 이곳에는 새로운 가게를 데리고 가던 엄마도, '먹부림'에 뜻이 맞는 친구들도 없지만 나는 여전히 동네 근방에서 자전거를 타고 여기저기 다니며 작은 가게들을 탐방한다.

　점점 사라져가는 작은 동네가게들은 밥집과 술집 사이 그 어딘가에 있다. 늦어진 귀가시간에 식사를 해결하기 위해 들르기도 하고, 밥 하는 게 귀찮아서 슬슬 걸어나가 튀김요리를 맘껏 시켜먹기도 하고, 어쩐지 혼자 쓸쓸해서 온기가 그리워 들르기도 하고, 퍼져 있고 싶은 휴일에 오히려 출근하듯 찾아오는 사람들의 허기를 채워주는 작은 가게들. 조금이라도 취한 낌새를 보이면 그만 마시라 잔소리하며 술잔을 뺏어가고 월급날이라서 비싼 술 사겠다고 하면 한 병만 마시라고 장사하다 마는, 작고 북적거리는 가게들이 어느 동네든 곳곳에 자리하고 있다. 역시 술은 밥이랑 먹을 때 제일 맛있다. 반주를 좋아하는 사람에게 일본의 작은 동네가게들은 곳곳에 숨겨진 보물이다.

# 안녕, 아빠

　어렸을 때부터 나의 시시콜콜한 일상 이야기를 들어주는 역할은 오히려 떨어져 지내는 아빠가 해줬다. 10원짜리 동전이 다 떨어질까 조바심을 내며 두 손으로 붙들고 거는 공중전화였지만 충분했다. 늦은 시간에도 전화를 걸면 늘 받았다. 술을 취해 있을 때는 "우리 '서울 딸내미'"라며 더욱 친근하게 받았다. 그럴 때면 원망을 가득 품고 화풀이하려고 전화했던 마음은 어디론가 사라지고, 아무 일도 없었다는 듯 서로 안부만 묻고 끊었다. 애틋한 첫마디에 모든 게 괜찮아졌다. 늘 단 한마디가 고팠던 나에게 그 한마디를 해줬던 사람. 변명도, 설명도 하지 않고 원하는 딱 한마디로 날 진정시켜줬던 사람. 그랬던 아빠는 어느 날 공중전화도 걸 수 없는 곳으로 일찍 가버렸다.

　엄마와 내가 서울로 떠나고 아빠는 태백의 한 여인숙으로 거처를 옮겼다. 여인숙 주인집이 나를 예뻐하셔서, 태백에 놀러가면 아빠는 회사에 있는 동안 주인집에 나를 부탁하고 출근했다. 정확한 기억이 안 나지만 그랬다고 들었다.
　그날도 왜 아빠의 방 안을 이리저리 구경했는지 기억나지 않는다. 그날 내가 본 상자만 기억난다. 방에는 천으로 된 작은 옷장이 있었다. 열어봐도 별거 없었다. 옷장 속에는 셔츠 두어 장, 잠바 하나, 바지만 걸려 있었다. 옷장 위에는 작은 상자 몇 개가 있었는데 그중에서 아로나민 골드 양철박스 안이 궁금했다.
　외할머니는 집에 선물로 들어온 쿠키나 영양제의 양철박스를 버리지 않고 무엇이든 넣어서 잘 사용하셨는데 특히 센베이를 자주 보관하셨다. 일주일에 한 번 센베이 트럭이 외할머니 댁 아파트 입구에 오면 센베이를 여러 종류 사서 박스에 넣어두셨다. 할아버지는 할머니 간식이라고 안 주셨지만 할머니는 내가 좋아하는 거라며 김이 들어 있는 넓죽한 센베이를 내어주셨다. 박카스도 한 모금은 꼭 우리

90

민나 꺼, 넓죽한 김 센베이도 민나 꺼.

아빠의 양철박스에도 분명 뭔가 좋은 게 들어 있을 것 같았다. 냉큼 열어보니 안에는 웬 작은 흰색 티셔츠가 곱게 개어져 있었다. 발레리나가 프린트된 옷인데 발레 스커트 부분에 실제 레이스 조각이 달려 있는, 내가 좋아했던 하얀색 티셔츠다. 티셔츠에는 흥건히 묻은 피가 그대로 굳어 검게 말라버린 채였다. 사택 계단에서 엎어져 이마가 찢어졌을 때 입었던 옷이었다.

그날 내가 계단에서 이마를 찍어서 피가 철철 나는데, 아빠는 회사에서 바로 올 수가 없어 아빠를 좋아하던 태백 아줌마가 날 업고 병원에 데리고 가줬다. 오지 않는 아빠에게 내가 말을 고약하게 했다는데, 정확한 것은 몰라도 상처를 꿰매는 내내 겁먹지 말라며 아줌마가 곁에 있어줬던 기억만은 확실하다. 이내 병원으로 달려온 아빠는 하얀 티셔츠에 물든 피를 보고 혼자 키울 순 없겠구나, 좌절했단다. 서울에는 외할머니도 계시고 날 딸처럼 예뻐하는 이모들도 있으니 당신 혼자서 태백에 데리고 있는 것보다 더 보호받고 살겠지 싶었으리라 짐작한다. 술에 취하면 이마를 만지며 하얀 얼굴에 흥이 져서 어쩌니 하며 울먹이던 아빠는 그날의 내 발레리나 티셔츠를 버리지 못하고 있었다. 열한 살의 난 아빠를 이해하기로 했다. 오히려 이해하기 어려운 부분은 티셔츠 아래에 있었다.

티셔츠 밑엔 엄마와 나누었던 편지들이 있었다. 절절히 쓰인 연애편지들, 그 사랑의 결말이 고작 이런 거라니. 이럴 때가 있었다는 걸 둘은 잊고 있었나. 아니면 기억을 가두고 모른 척 닫아두었나. 편지 한 통의 앞부분만 읽고는 다시 넣어버렸다. 그러고는 박스 안 물건들을 원래대로 고스란히 담아 옷장 위에 올려두었다. 그 박스를 들여다봤다는 걸 아빠에게 말하지 않았다. 아빠는 온갖 상처와 고통을 양철박스에 넣어두었다. 그 작은 박스 하나가 너무나도 무거웠다. 그 묵직함을 손으로 느끼고 난 뒤, 아빠를 이해하기로 했다.


아빠가 돌아가셨다는 전화를 받고 끊은 뒤, 처음 든 생각은 '검은색 바지가 있던가? 장례식장에 어떻게 입고 가더라'였다. 집 앞 상점가로 나가 검정바지를 하나 사서 입어보니 밑단이 너무 길었다. 옷가게 옆집 세탁소에 가서 곧장 수선을 맡기며, 장례식에 가야 하니 바로 해달라고 부탁했다. "누가 돌아가셨나봐요?"라고 묻는 질문에 아빠라는 답이 나오지 않아 "가까운 분이요" 하고 대답해버렸다. 딱히 눈물이 나온다거나 손이 떨리지도 않았다.

아무래도 엄마보다는 넷째 이모와 가는 게 좋을 것 같아 이모와 청량리역에서 만나자고 약속했다. 항상 청량리역에서 책 한 권, 잡지 한 권, 시디 한 장을 사서 태백으로 아빠를 보러갔다. 다시 탈 일이 없을 줄 알았던 강릉행 무궁화호 오후 8시 35분 막차. 부고 소식을 받은 게 4시쯤이라 아슬아슬하게 기차를 탈 수 있었다. 서둘러 열차에 올라 자리에 앉았다. 그리고 낯익은 풍경이 조금씩 스쳐지나가자마자 심장이 끊어질 듯 울음이 쏟아져나왔다. 도저히 멈춰지지가 않았다.


마지막으로 아빠를 찾아갔던 그날도 눈이 많이 내렸다. 사귀는 사람이라고 남편을 처음 소개하는 자리였다. 술에 취해 있던 아빠는 몇 년 만에 본 나를 처음에는 못 알아봤다. 결국 남편이 아빠 대신 아빠 차를 몰고 집으로 향했다. 집에 도착해서도 아빠는 내 소식도, 남편의 신상도 아무것도 묻지 않았다. 그저 뒤돌아 계속 술만 마셨다. 어쩌다 얘

기를 꺼내면 태백 아줌마네 아이들 얘기뿐이었다.

생각해보니 찾는 쪽은 늘 나였다. 일본으로 유학 가기 전에 엄마와 태백을 찾았지만, "갈게"라는 말에도 뒤돌아 누워서 쳐다보지도 않는 아빠 때문에 청량리역에 도착할 때까지 울었다. 함께 내려왔던 엄마는 뭐가 서운해서 그렇게 우냐고 핀잔만 줬다. 아쉽거나 걱정하는 내색을 보이지 않았던 아빠도, 서운한 마음을 몰라주는 엄마도 다 속상했다. 다시는 연락하지 않겠다 다짐했지만 일본에서의 타국생활이 너무 힘들었던 어느 밤, 다시 아빠에게 전화를 걸었다. 하지만 내 안부보다 혼자 집을 나가 사는 게 걱정된다는 태백 아줌마네 막내딸 이야기뿐인 아빠에게 더이상 마음에 못처럼 박혀 있던 '서울 딸내미'는 없다는 사실만 깨닫고 말았다. 그뒤로는 출국 전 내 다짐처럼 한동안 아빠를 찾지 않았다.

시간이 흘러 결혼을 앞두고, 남편의 고향인 주문진에 가게 되자 태백이 인근이니 가는 김에 인사를 드리자는 말이 나왔다. 그러자고 아무렇지 않게 말했지만 내심 아빠에게 남편을 보여주고 싶었다. 이 사람과 결혼한다고 말하고 싶었다. 하지만 막상 찾아와도 아무것도 묻지 않는 아빠의 모습에 내가 뭐 하러 여기 왔는지 후회만 됐다. 함박눈이 내리는 산길에 한밤중이니 자고 가라는 태백 아줌마의 말에도 고집을 부려 주문진으로 돌아가겠다고 현관을 나섰다. 아빠는 술에 취해 내가 가는 것도 못 봤다. 태백 아줌마는 아빠를 흉보는 듯 말했지만 끝내는 아빠 편을 들었다. 그게 왜인지 안심이 됐다. 아줌마는 또 오라며 자동차가 아파트 입구를 내려갈 때까지 손을 흔들어주었다. 끝까지 가는 내 모습을 보지 못한 아빠를 떠올리며 이제는 정말 잊고 살겠구나, 다시는 찾지 않겠구나 싶었다. 그런 나를 아빠는 다시금 8시 35분 무궁화호 열차에 태웠다.

기차는 12시가 넘은 한밤중에 태백에 들어섰다. 열차가 역에 들어서면 파란잠바를 입고 주머니에 손을 넣은 채 담배를 피면서 구부정하게 서 있는 아빠가 보인다. 서울과 다르게 주황색 가로등빛 외엔 아무 빛도 없는 산골마을.

하지만 열차가 역에 들어섰는데도 아빠가 없다. 날 찾아오지는 않아도 내가 찾아간다면 있을 거라 믿었던 아빠는 이제 없다.


시골 기차역 앞은 사실 아빠도 버스도 그 무엇도 없다.

그러다 운좋게 얼마 안 가 택시를 탔고, 정신이 없긴 했는지 장례식장 이름을 찾느라 헤맸더니 기사님은 어차피 이 동네 장례식장은 한 곳밖에 없다고 지체 없이 자동차를 출발시켰다. 이 동네 택시기사들은 다 카레이서인가, 차가 없어 더 음산한 거리를 시속 100킬로미터 넘게 달리다가 갑자기 반대편 차선으로 달린다. 경악하는 우리를 느꼈는지 과속방지카메라가 달려 있어서 피하는 거라고 설명하셨다. 속도를 늦추는 방법은 하수들이 쓰는 방법인가… 캄캄한 시골에서 너무 빨리 달리는 택시에 겁먹어 눈물도 쏙 들어간 내 자신이 웃겼다.

순식간에 도착한 장례식장에 아빠의 이름이 보였다. 도저히 들어갈 수 없어 한참을 망설이다 겨우 들어가니 아빠의 영정사진이 놓여 있었다. 알고 갔는데도 왜 거기에 사진이 걸려 있는지 혼란스러울 때 아빠와 영 닮지 않은 작은아빠가 시야에 들어왔다. 태백 아줌마도, 언니들도 있었다. 절 먼저 하라고 안내하고는 곧 갈아입을 옷을 갖다주었는데, 내가 준비하는 동안 함께 온 넷째 이모가 너무 크게 우는 바람에 이모를 두고 강릉에서 사귄 여자 아니냐며 조문객들의 입방아에 오르내리는 해프닝이 벌어졌다.

그날 밤, 대기실에서 울다 지쳐 잠들었고 깨고 나니 머리가 너무 아팠다. 바람도 맞을 겸 밖으로 나가니 아침이었다. 청명하고 푸른 하늘, 만물을 내리쬐는 햇빛에 상쾌하고 가벼운 공기. 눈으로 덮인 산맥이 절경이었다.

아빠가 인생이 뜻대로 풀리지 않을 때 마지막 기회로 찾아들어온 곳, 아내도 딸도 떠나 스스로 주저앉은 곳. 폐 속 깊이 맑은 공기가 침투해 스며드는 태백은 아빠가 정한 유배지였다.

너무 좋은 풍광에 더 슬퍼지려고 하는데, 낯선 분이 나에게 말을 거셨다.

"네가 서울 딸내미지?"

이른 아침 혼자서 아빠를 찾아온 그 아저씨는 3일 전 아빠와 함께 술을 마셨다고 했다. 그날도 아빠가 서울 딸내미를 많이 그리워했네 하며 언제나 아빠 친구분들을 만나면 듣던 소리를 하신다.

"네, 알아요." 짧게 대답하고 자리를 피하려 할 때였다.

"딸내미가 강원도 남자를 하나 데려왔다고 참 마음에 든다고 했는데, 결혼했지?"

관심도 없는 듯 굴더니 강원도 남자인 건 들었나보다.

'참 마음에 들어 했다'는 그 말 때문에 가끔가다 한 번씩 남편이 미워질 때면 '아빠가 마음에 든다고 했으니깐…' 하면서 마음을 돌린 적도 몇 번 있었다. 아빠는 역시 내가 듣고 싶어하는 한마디를 안다.

# 나랑 살고 싶었어?

성질대로 살다 성질대로 갔다고 조문객들은 입을 모아 말했다. 내 아쉬움은 아랑곳하지 않고 서울 공기 싫다며 뒤도 안 돌아보고 청량리역 안으로 사라져버리던 그날처럼 아빠는 인사도 없이 자다가 그대로 가버렸다. 묻고 싶었던 건 끝내 묻지 못했다. 내가 바라는 답은 정해져 있는데 묻는 말에 다른 대답을 할까봐 겁이 났다. 망설이는 기미를 보여도 실망할 것 같아 비슷한 말도 꺼내지 못했다.

"아빠는 나랑 살고 싶지 않아?"

이번엔 꼭 물어야지 다짐만 수없이 했던 질문은 영영 물을 곳이 없어졌다.

장례식장에 안 올 줄 알았던 엄마가 왔다. 엄마의 오래된 친구 태화 이모와 함께였다. 장례식장에 나타난 엄마를 보고 순간 헛것이 보이나 싶었다. 부리나케 달려가서 당장 엄마에게 "너무 크게 울지 마. 엄마가 울 곳 아니야. 크게 울지 마"를 반복했다. 태백 아줌마가 계시는데, 언니와 형부들의 직장에서 온 조문객도 많을 텐데 전 부인이 통곡하는 장면은 절대 만들기 싫었다. 엄마는 당신도 안다고 대답했지만 아빠와 오래된 인연인 태화 이모는 의사 선생님을 붙들고 이해가 안 된다고 따지고 있었다. 지병도 없는 50대 남자가 갑자기 심장마비로 자다가 죽은 게 말이 되냐면서 타살의 가능성은 없냐고 물었다. 선생님은 가능성 없다고 차분하고도 정확히 말씀해주셨다. 그 말조차 누가 들었을까봐 머리가 아팠다.

　다행히 엄마는 통곡하지 않았다. 조용히 절한 뒤 잠시 있다 가겠다고 조문객 상에 앉았다.

　"너 상란이 아니니?"

　어느 아주머니께서 말을 거셨다. 엄마는 "어머 언니!" 하며 반가워했는데 가만 보니 아빠 쪽 친척분이셨다. 엄마와 아빠는 10대 때부터 연애하다 결혼한 사이고 태백 아줌마는 아빠가 태백에 혼자 살면서 같이 지낸 사이다. 그사이 딱히 친척들과 왕래가 있지는 않았는지, 친척들에게는 아줌마보다 엄마가 더 친숙한 듯했다. '여기 상란이 왔다'면서 너도 나도 모이기 시작해 어떻게 살았냐고 서로 안부를 묻기 시작했다. "누가 왔다고?" 어디선가 물으면 "병은이 처가 왔다", "민나 엄마가 왔다" 하며 서로를 반기며 안부를 묻는 모습을… 제발 아무도 못 보길, 평일의 이른 아침이니 언니들 손님은 제발 안 오셨길, 태백 아줌마는 피곤해서 방에서 주무시길 바라며 소란이 잦아질 때까지 마음을 졸였다. 머리는 더 아파왔다.

장의사는 마지막 인사를 건넬 때 눈물을 망자에게 떨어트리면 저승을 못 가시니 절대 눈물을 망자에게 떨어트리지 말라고 당부하셨다. 아빠는 기분좋게 자고 있는 것만 같았다. 깨워볼까 싶어 발을 만졌지만 딱딱했다. 차가워 얼어붙을 듯해 손으로 문질렀다. 곧이라도 일어날 것만 같아서 인사는 안 했다. 장의사들이 염을 시작했고, 나는 시신을 꽁꽁 싸매는 천을 달려가 다 뜯어버리고 싶었다. 그때부터는 사실 기억이 없다. 울고 있는 날 친척 오빠가 부축하며 나왔고, 엄마는 우는 나를 달래며 미안하다고 했다. 아빠가 죽었는데 왜 나한테 미안할까, 엄마는 알고 있었던 걸까. 내가 늘 아빠를 그리워했다는 걸 아마 모를 텐데.

입관을 마치고 남은 시간 동안 대기실에서 한참을 누워 있었다. 먹은 게 없어도 화장실은 왜 가고 싶을까. 몸을 일으키려고 해도 기운이 없어서 오히려 화장실을 참는 기행을 벌이고 있었는데, 작은엄마가 나와 친척들이 누워 있는 방을 입구에서 물끄러미 보시더니 "아우, 이 전 씨들~"이라 타박하듯 말했다. 전 씨였지만 전 씨들과 나눈 기억이 거의 없다. 명절엔 외할머니 댁에 있으면서 명절 음식과 정리를 도우며 보냈고 방학 때는 이모들 집에 가거나 태백에서 언니들과 지냈다. 낯이 익숙한 사람들 속에 있었지만 계속 외부인 같았다. 하지만 강원도 산골 태백까지 장례를 치르기 위해 모여든 낯선 친가 사람들 속에서 소속감을 느꼈다. 그게 뭐라고… 성만 같을 뿐인데, 그게 뭐라고 좋았다.

그 묘한 안정감에 웃음을 흘리다, 이제는 정말 화장실을 가야지 싶어 모자란 기력을 끌어모아 겨우 자리에서 일어났다. 화장실 가는 길에 제단 위 아빠의 영정사진이 보였다. 거기 왜 있어. 눈물이 났다. 한참 전에 찍었는지 젊어 보이는 모습이다. 그때도 술독이 안 빠졌는지 벌건 얼굴, 늘 입던 라운드칼라 셔츠. 정말이지 거기 왜 있어.

그렇게 현실을 부정하며 슬픈 마음으로 화장실로 향했는데, 볼일을 해결하고 나온 내 첫마디는 "아, 살 것 같다"였다. 이렇게 개운할 수가 없다. 예상보다도 더 개운해하는 스스로의 얼굴을 화장실 거울로 보며 생각했다.

'아빠가 떠났다고 나도 죽고 싶다는 말은 말자, 사람은 다 사는구나.'

겨우 화장실 문제 하나 해결됐다고 이렇게 기분이 좋은데 말이다. 그 덕분인지 그후로 화장터에 갈 때까지는 목놓아 울지 않았다. 물론 그 결심은 아빠가 불 속에 들어가는 순간 온데간데없이 사라졌다. 관이 그 속에 들어가버리면 정말 모든 게 다 끝난다는 공포에 창문을 두드리다 내가 뒤로 넘어갔다.

"정신 차려야지, 네가 이러면 아빠가 길을 못 떠난다."

작은엄마의 말에 울화가 났다. 같이 제대로 살아보기라도 했으면 억울하지나 않지. 가슴을 치며 울었다. 다 타버릴 아빠의 육신과 나의 희망도 재가 되었다. 나도 아빠랑 살아보고 싶었다. 엄마와 살기 싫은 게 아니고, 그냥 아빠랑 살아보고 싶었다. 언제나 묻고 싶었지만 물으면 안 될 것 같아 먼저 물어봐주길 기다렸다. "아빠랑 살래?"라고.

　미안하다는 말 말고, 그립다는 말 말고, 같이 살자는 말이 듣고 싶었다. 언제나 내가 딱 원하는 말만 하던 아빠가 이 말만은 절대 하지 않았다. 난 겁나서 묻지 못했고, 나 때문에 울었을 아빠를 미워할 수도 없었다. 그날 토하듯 울분을 쏟아내었던 슬픔은 내 오래된 설움이었다.


　아빠 유골함 옆에 1,000엔 한 장을 넣었다. 마음속으로 '이거 들고 일본 와'라고 말했지만, 지금도 꿈에서 아빠는 태백 산길을 벗어나지 못하고 자동차에 나를 태우고 달린다. 한참을 달리다 "딸내미 내려"라며 산길 중간에 나를 내려두고 멀리 달려간다. 그렇게 계곡을 간 적도 있고, 우리가 살던 사택에도 갔다. 잘 있다가 갈 때는 꼭 혼자 사라진다. 언제 한번은 화도 내봤지만 변하는 건 없었다.

　이제는 "아빠랑 같이 갈래?" 물어도 "나도 딸내미들이 있어서 못 가. 그리고 아직 그 강원도 놈이랑 살어"라고 대답할 수 있는데, 아빠는 여전히 묻지 않는다.

# 마지막 인사

주머니 속에 작은 쪽지 하나 들어 있었다면 좋았을 텐데, 지나고 보니 그때가 이별이었구나. 닿을 수 없는 곳에 사라지고 나서야 안다. 혼자 생각하다 혼자 의식을 행하고 혼자 떠나가버렸다. 나에게도 때를 알려주지, 나도 남김없이 내 마음 고이 잘 접어서 멋지게 이별할 수 있는데.

떠나야 하는 마음이 급했나, 아니면 이별인지 몰랐던 건가. 사라진 그 자리에서 한참을 혼자 기웃거리며 누구 한 명 오지 않는 길을 멍하니 지켜보다 내 뒤를 힘차게 밀어내는 바람에 쓰러지고 나서야 '아, 이별이었구나' 하고 안다.

TV와 책들은 언제 닥칠지 모르는 죽음 앞에서 생의 마무리를 잘하고 가야 한다며 수많은 조언들을 쏟아낸다. 하지만 언제나 애매한 태도와 무시하는 표현으로 이별을 연습하던 우리가 마무리를 잘 이루어낼 수 있을까?

나 없이 다른 세상에서 웃고 지낼 모습에 약올라하던 철없던 나는, 몇 번의 이별을 죽음으로 맞이하고 나서야 조금 철이 들었는지 나와 갈라진 곳에 있어도 건강하고 즐겁길 바란다며 떠나간 이를 빌어주기로 했다.

"갈게"라는 말도 없이 가버린 사람이 이제 와 떠나는 이유를 알려줄 리 없다. '그렇겠지, 그런 거겠지' 내 마음 추스르기 위해 열심히 옹알거린다. 그래야 나도 그 자리를 떠날 수 있어서, 떠날 때는 홀가분해지고 싶어서.

어쩐지 이런 내가 쓸쓸한 노인 같다. 이별도 만남만큼 자연스럽다는 말은 허풍임을 안다. 불안함은 여전하지만 열심히 오늘도 되뇐다.


마음이 멈춘 것은 그 누구의 잘못도 아닌 자연스러운 것. 그러니 좋았던 시절을 부정하지 말 것.

마지막 인사는 꼭 하고 돌아설 것.

2부

고양이는 자주 달린다

# 습관성 외로움

　며칠째 약속이 없어 집에만 박혀 있다. 슬슬 혼자 먹는 밥이 지겨울 때쯤, 나를 찾는 이가 없다는 사실에 한숨이 나왔다. 부엌의 작은 창문 너머로 보이는 고속도로 옆, 눈길 한번 주지 않는 자동차에게 나 좀 봐달라 가슴 내밀며 커다랗게 세워진 간판이 마치 나 같네…. 처량한 생각에 혼자 민망해하며 시계를 보니 곧 딸들이 올 시간이다. 문 열고 들어오자마자 배고프다고 할 텐데 오늘 간식은 또 무얼 하나 고민이다.

　가끔은 나에게 가족이 있고, 나는 혼자가 아니라는 당연한 사실을 하나하나 더듬어가며 확인해야 인식될 때가 있다. 모두가 함께 있는 저녁시간에도 홀로 방에 들어가 있는 게 편안한 날도 있고, 오늘처럼 아무도 집밖에서 나를 불러주지 않을 때는 언제나 혼자였던 기분이 들기도 한다.

　얼마 전, 엄마가 급히 수술해야 한다는 연락을 받았다. 보호자인 내가 외국에 있어 넷째 이모가 대신 서명해줄 테니 걱정 말라는 말도 함께였다. 무릎 수술도 씩씩하게 잘 받던 엄마조차 이번엔 많이 놀란 듯했다. 당장 버스 타고 전철 타고 쫓아갈 수도 없으니, 걱정은 불안이 되고 놀란 가슴은 절망에 가까워졌다. 장난 반 진심 반으로 읊었던 "엄마도 돌아가시면 난 고아야"라는 말이 덜컥 실감났다. 다행히 우려와 달리 큰 병은 아니었고 늦은 저녁쯤엔 안심해도 된다는 결과를 들었다. 하지만 엄마의 수술 소식에 이렇게까지 쏟아지는 눈물이 정상은 아니지 싶었다.

　'아직 결과도 모르는데 왜 이렇게까지 진정되지 않지? 이게 단순히 애정의 문제일까?' 내 자신에게 계속 질문했다. 꼬리에 꼬리를 물며 본심을 파헤쳐보았더니, 엄마가 사라진다는 사실보다 이 세상에 혼자 남겨지는 것이 두렵다는 답이 튀어나왔다. 내일모레면 마흔이 되고, 아이가 둘에 남편도 있는 나는 아직도 유기불안이 있다.

나이를 먹으니 절로 이해되는 것 가운데 하나는, 나이든 사람도 제 속이 시끄러우면 다 귀찮아져서 아이같이 자신만 생각하게 된다는 거다. 지난날의 말과 행동, 당시에는 진심이었던 각종 약속과 그로 인한 책임을 다 저버리고 그저 편하게만 지내고 싶은 비겁함은 어쩌면 아이보다 어른에게 더 큰 유혹으로 다가온다. 그 의무와 책임이 얼마나 무거운지는 미성숙할지라도 어른이 더 절감하니까.

　엄마와 아빠 역시 일부러 어린 나를 외롭게 두려고 한 건 아니었다. 그저 사는 게 힘들었고 그 힘든 날에 위로가 되는 게 자식이 아니었을 뿐, 나를 버리지도 잊지도 않았다. 모든 사람이 영화 드라마 속에 나오는 부모가 될 수 없다는 걸 충분히 이해한다. 하지만 그때의 나는 혼자였고, 나는 왜 부모의 행복이 될 수 없을까 고민하며 움츠렸던 날들이 아직도 속에 남아 있을 뿐이다.

　다만 버려진 적도, 학대받은 적도 없건만 스스로 환영받지 못하는 존재라 생각했던 어릴 적 기억이 내 가정을 꾸리고 사는 중년이 되어서도 영향을 끼친다는 게 충격적이었다. 삶을 크게 차지하고 있는 유기불안은 관계를 맺으며 살아갈 때도 걸림돌이 되었다. 겉으론 티내지 않으려 애쓰지만 혼자서 앓는 '타인이 날 싫어할 거라는 불안'도 여기서 비롯된 것이 아닐까 싶다. 그 불안은 수많은 실수와 애씀 그리고 반복되는 상처를 일으켜왔다. 내 상태가 어떤지도 모르고 영원히 이렇게 살기 싫다고 발버둥만 쳐왔다.

상처가 지겨워서 지우려고 노력했건만 한 번씩 개어낼 때마다 아직도 올라올 게 더 있구나 싶다. 그래서 옆으로 치워놓고 살아보기도 하고, 드러내지 않으려고 잊은 척도 해봤다. 그럼에도 의도치 않은 순간에 아지랑이처럼 어른거리는 걸 보고는 이제야 상처는 지울 수 있는 게 아님을 안다. 내 안을 제대로 들여다보지 못하면 마음이 피투성이인 채로 그렇게 굴러다니다 이유도 모르고 죽겠구나 생각되니 끔찍하다. 아파도 나는 나를 정면으로 봐야 한다.

용두동 작은 방, 창문 아래 놓인 침대에 혼자 누워 남의 집 말소리와 길거리 차 소리, 일일연속극 대사 소리에 외로움을 잊던 시절은 다 지나갔다. 한참 전에 지나간 시절을 불러오는 내 습관이 나를 절망 속으로 빠트리고 있는 건 아닐까. 늪에 빠진 줄 알았는데 진정하고 아래를 들여다보니 발목밖에 올라오지 않는 연못이었다. 휘청거렸을 때 겁내지 말고 들여다봐야 한다. 다리를 올리면 빠져나올 수 있는 아주 하찮은 연못이다. 타인들이 나를 싫어하고 내버려도 괜찮다고, 집 안으로 들어가면 더이상 혼자가 아니라고, 괜찮다고 나를 다독이며 습관성 외로움을 몇 번만 더 개어내면 시원해지는 날이 올 거다.

# 성실하면 돼

　어학교 사무장님이 "일손이 급하다고 부탁했었지?" 하며 데리고 온, 이제 막 일본에 온 지 고작 3일 되어 인사도 제대로 못하는 한국인 여자아이. 성인이라고 소개했지만 12월생이라서 아직 열아홉 살이었던 자그마한 아이는 식당 일을 해야 하는데 칼도 제대로 못 잡고 서툴러 설거지를 시켰더니 손이 너무 느렸고, 다음엔 물건을 나르게 했더니 그 폼이 꼭 사고를 칠 듯 불안했다. 제일 문제는 불러도 대답이 없었다. 못 알아듣는 건지 못 알아듣는 척하는 건지 "전상" 하고 몇 번을 불러도 뒤돌아보지 않고 시킨 일만 했다. 어리고 작은 한국 아이는 타국도, 일도, 언어도 모든 게 낯설어 긴장한 듯 종일 얼굴이 벌겋게 있었지만, 그래도 밥은 잘 먹으니 다행이었다고. 이것이 요시다 씨가 말해준 나의 첫인상이다.

　사실 급한 건 내 쪽이었다. 당장 생활비를 벌어야 한다고 생각하니 공사장이라도 나갈 판이었는데, 사무장님이 소개해주신 일자리는 어학교에서 가깝고 점심도 준다고 했다. 말을 못하는 건 문제없고, 열심히만 하면 된다는 말에 무작정 잘 부탁한다고 냅다 인사부터 했다. 점장은 담배만 피우면서 꾸벅 인사하고 일본어를 몇 마디 더 하더니 다음 날부터 바로 일하는 것으로 결정되어 있었다.

　점장의 이름은 요시다였다. 말이 없고, 웃지도 않고, 손님이 부르지 않는 이상 늘 구석에 구부정하게 앉아 있었다. 요시다 씨는 환갑을 넘겨 엄마보다도 나이가 많고 늘 피곤해하면서도 담배를 계속 피우는 사람이었다. 매주 똑같은 숫자로 로토를 샀고, 1등이 되면 JR 야마노테山手선만 타고 다니는 게 그의 꿈이었다. 10년째 당첨되지 않았지만 곧 될 것 같다며 살 때마다 아이처럼 즐거워했다.

　이곳은 일본식 중화요리 체인점이라 모든 것이 매뉴얼로 정해져 있으니 쓰인 대로 따라 하기만 하면 됐다. 열심히 따라 하고 있으면 요시다 씨가 작은 디테일을 알려줬다. 일본어를 거의 못하니 말로 하는 설명은 알 수가 없어 각종 보디랭귀지와 간단한 명사로 일러줬다. 그때는 잔소리처럼 들렸던 그 섬세함이 다른 곳에서 일할 때 칭찬받을 수 있는 밑거름이 되었다.

젊은 시절 큰 중화요리점을 운영했었다는 요시다 씨는 그때부터 이미 외국인을 많이 고용했었기에 일본어가 서툰 외국인 점원을 능숙하게 다룰 줄 알았다. 알려준 대로 일을 잘하면 "괜찮네いいね"라고 한마디 해주는 게 다였지만 큰 칭찬이라는 건 본능적으로 알았다. 그 한마디를 위해 더욱 열심히 했다.


낮 인사와 저녁 인사도 구분 못하고 일본에 왔던 나는 무려 6개월 넘게 제대로 된 말을 하지 못했다. 뉴질랜드에 있던 1년 동안 영어는 빨리 익혔는데, 일본어는 전혀 늘지를 않았다. 일하는 건 점점 몸에 익숙해지니 괜찮았는데 여전히 난감한 건 손님이 부를 때였다. 덕분에 일도 늘고 안 들리는 척하는 연기도 늘었다.

하루는 용기를 내 어학교에서 배운 일본어를 요시다 씨

에게 슬쩍 말해보았다. 수업이 끝나면 바로 아르바이트를 하러 갔다가 오후 9시가 되어서야 집에 돌아갔으니 말하기 연습 상대가 없었다. 어렵고 무서운 사람이었지만 내 입으로 뱉는 것만으로도 연습이 되지 않을까 싶었다.

"이거 어떠세요?これはいかがですか" 슬쩍 말하니 "괜찮아요いいですよ"라며 대답해줬다. 한번 힐끗 보고 말거나 못 들은 척 지나갈 줄 알았는데, 좀 웃겼다는 듯 장난스럽게 쳐다보며 대꾸해주니 심장이 막 뛰었다. 그러면서 "너 오늘 배운 거 나한테 연습하는 거야? 아직 그거밖에 안 배웠어?"라는 말도 돌아왔다. 잘됐다, 이제부터 요시다 씨한테 연습해야지 싶어 신이 났다.

그 이후로 출근하면 가게 2층 사무실에서 후다닥 유니폼으로 갈아입고, 어학교에서 그날 배운 말을 종알종알 연습했다. 요시다 씨는 겉으로는 안 듣는 것처럼 보였지만 때때로 내 옆을 지나가면서 다 대답해줬다. 특히 극존칭어를 연습할 때는 느글거리니깐 그건 하지 말라고 했다. TV에서 배운 유행어를 연습하면 모르는 말이었는지 그 일본어 틀렸다고, 그런 말 없다고 지적해 웃음을 참은 적도 많다. 개중에 상냥하고 친절한 표현을 말할 때면 캔커피를 마시면서 비교적 성의 있게 대답해주곤 했다.

그때부터 일본어가 트이기 시작했다. 서툴러도 약간의 대화가 가능해졌고, 대화다운 대화를 해보니 요시다 씨는 내가 아는 한 도쿄에서 제일 웃긴 환갑이었다. 그후로는 내게 장난도 잘 치고 우스갯소리도 잘하고, 어째선지 일은 더 많이 시켰다. 로토와 담배 한 보루 사다주는 심부름값으로 대화를 상대해주는 거라 했지만, 언젠가 일이 끝나고 둘이서 병맥주를 나눠 마실 때 매일 복습하는 게 기특하다고 말했다.

아무리 사람 다루는 게 능숙해도 힘 없고 말도 못하는 어린아이를 데리고 일하는 게 쉽지는 않았을 거다. 일을 제대로 하지 못해서 나를 슬쩍 옆으로 밀어내며 본인이 하겠다 할 때는 나 잘리는 건가… 눈치가 보였다. 그래서 청소라도 열심히 하겠다고, 한가할 때도 가게를 돌아다니며 종일 이곳저곳을 닦고 다녔다. 점심을 먹으러 온 본사 사람이 "전상, 일 참 열심히 하네요" 칭찬하면 "시급 받는데 당연하지"라고 퉁명스럽게 대답했다. 그래도 가끔 영업이 끝나면 간단한 안주에 병맥주 한 병 사주면서 "고생했어"라고 맥주를 따라줬다. 같이 나눠 마시면서 농담이나 주고받던 그 시간이 가장 큰 보상이었다.

어학교를 입학하며 시작했던 이 일은 어학교를 졸업하면서 이사를 하게 되어 그만뒀다. 요시다 씨는 지금까지 고생했다며 오다이바에 있는 온천에 데려가주었다. 탕만 있는 게 아니라 식사 공간도 마련된 곳이었다.

"이런 곳에서는 한두 잔 즐기기만 하는 거야. 온천이라 몸이 노곤해지겠지만 여긴 숙박 없이 집에 가야 하는 곳이잖아. 알았지?"

요시다 씨는 마치 외국인에게(맞긴 하다) 관광지를 안내하듯이 입구에서부터 주의사항을 일러주었다. 하지만 식사하기 전 "일은 고됐지만 요시다 상이랑 함께 일해서 버틸 수 있었어요. 고마워요"라고 인사하자 눈시울이 붉어지더니, 주의사항은 깡그리 잊어먹고 잔이 비워지기 무섭게 맥주를 따라 마시기 시작했다.

"기분이 좋으니 다 사줄게!" 지갑을 흔들던 요시다 씨와 "다 사줘요!" 까불던 나는 결국 만취해 요시다 씨가 좋아하는 야마노테선에서 뻗어 뱅글뱅글 몇 시간을 돌다가 안내방송 소리에 간신히 일어났다. 다음 날, 우리는 분명 온천에서 술을 마시고 있었는데 눈 뜨니 집이었다며 서로 너 때문이네, 네가 먼저 취했네 하며 우겼다. 하지만 요시다 씨가 "난 환갑이 넘었는데" 하는 말에 내가 시시하게 졌다.

낯선 땅, 처음 해보는 주방 일에 쉬는 시간에는 이유 없이 눈물이 날 만큼 힘든 날도 많았다. 예뻐하는지는 모르겠고, 일 못하면 귀신같이 찾아내서 혼도 많이 났다. 일본어를 잘 못 알아들어서 다행이었지, 알아들었다면 뛰쳐나왔을 거다. 호랑이처럼 무서웠고 일할 사람이 너밖에 없겠냐면서 아쉬워하지 않았다. 말은 "열심히 하는 것보다 잘하는 게 더 중요해"라고 했지만 열심히 하는 모습을 놓치지 않고 늘 격려해줬다. 고마운 마음에 잘하고 싶었고, 잘한다 해주니 신이 났었다.

새로 들어온 아르바이트생들 가운데에는 내가 일을 만들어서 하니 잡무가 많아졌다고 내게 유난이라 말하는 사람들도 있었다. 매뉴얼대로 했을 뿐인데 나의 열심이 그들에겐 부담이었나보다. 내가 사람들과 잘 어울리지 못하는 것에 요시다 씨는 굳이 먼저 개입하지 않았다. 그러다 어느 날 끝내 트러블이 생겼고, 다 같이 우르르 몰려가서 누가 맞는 건지 들어보라며 요시다 씨에게 각자 항변한 일이 있었다. 그런데 요시다 씨는 그 누구의 말에도 아무런 반응을 하지 않았다. 그런 요시다 씨를 두고, '일본 사람들은 저런 면이 있다'며 이제 막 일본에 왔으면서 다 안다는 듯 한국말로 흥을 보는 이도 있었지만 그의 무반응을 보고 스스로의 행동에 부끄러움을 느낀 사람들도 있었다. 요시다 씨는 누구 말에도 휘둘리지 않고 어제와 같은 오늘처럼 변함없는 태도로 모두를 대했다.

"제가 요란을 떨었나봐요, 죄송해요."

양배추채를 썰면서 작은 목소리로 사과했다. 그러자 요시다 씨는 지나가면서 흘리듯 답했다.

"넌 성실한 거야. 그래서 그래."

그러고는 저쪽 구석으로 가 캔커피 한 모금을 마신 뒤 구부정한 자세로 담배를 꺼냈다.

일본 사회는 요령도 사심도 없이 성실히 일하는 모습에 큰 점수를 준다는 걸 그곳에서 배웠다. 어느 곳에서나 성실함은 장점이지만, 이곳은 성과보다도 마음이 먼저라고 늘 얘기한다. 서툰 성실함에 분명 실수도 있었을 테고, 잘못된 방향으로 결과가 제대로 나오지 않을 때도 있겠지만 성실했다면 다음 기회를 꼭 준다. 그리고 들뜨고 번잡스러운 것은 '열심히'에서 빚어진 것이니, 잘라내지 않아도 가라앉을 거라며 비난보다는 기다림을 선택한다.

더듬더듬 일머리를 키우고, 하수구까지 들어가 기름때를 닦아내는 일도 서슴지 않으며 일했던 그 시절이 낯선 문화 속에서 일하며 살아가는 데 얼마나 큰 도움이 되었는지 모른다. 삐뚤어진 시선 없이 일본인의 진가를 제대로 느끼며 뛰어든 일본생활. 가진 것 없는 나와 남편은 이곳에서 그저 성실하게만 산다면 반드시 알아줄 거라는 확신을 얻고 살았다. 그리고 틀리지 않았다. 성실함이 가장 큰 가치라고 인정받을 걸 알기에, 좌절이 올 때마다 다시 웃으며 시작할 수 있었다.

# 안상에서 남자친구로

　어학교를 졸업하고 입학한 전문학교에서 1학년 1학기를 거의 다 마칠 즈음, 입학 전부터 미리 신청해두었던 학생비자 발급이 거부되었다. 학교측에서도 어떻게 학기 중에 떨어질 수가 있나 싶었는지 사무국으로 나를 몇 번이고 불러 자초지종을 확인했다. 알고 보니 어학교 시절 아르바이트를 넘치게 했던 것이 문제였다.

　그 당시 나는 단돈 30만 원만 들고 유학길에 올랐기에 당장 방값부터 벌어야 하는 상황이었고, 인사조차 제대로 못하는 유학생에게 손짓 발짓으로 일을 알려주며 점심도 제공해준 요시다 점장님이 고마워 가게에 나오라는 족족 나가서 일을 했다. 당연히 제한된 규정 근무시간을 훌쩍 초과

해버렸지만 그 시절에는 편법으로 타임카드를 여러 개 돌려가며 사원들이 아르바이트생들의 시간 관리를 해줬기에 유학생들은 암암리에 일을 많이 할 수 있었다. 나 역시 같은 편법을 썼으니 별 문제 없을 거라 생각했다.

하지만 따지러 간 출입국관리소에서는 내게 근무시간이 계산된 서류를 떡하니 내밀었다. 요시다 씨가 무언가 실수를 한 것일까, 어찌된 일인지 정확하게 일한 시간이 적혀 있었다. 그 서류를 손에 들고 반박은커녕 단 한마디도 못 했다. 직원은 내역을 가리키며 여기 돈 벌러 왔냐고 쏘아붙였다. 총 일한 시간을 보니, 정말 열심히 일하긴 했다. 때때로 점심시간에 눈물이 났던 이유를 알 것만 같았다. 하지만 시급 780엔 받으며 일했는데 돈 벌러 왔냐니, 규정 시간만큼만 일하면 얼마밖에 못 버는지 알면서. 도쿄의 방값이 얼마인지 알면서!

나를 불법취업자로 의심하던 무례한 출입국관리소 직원은 그러거나 말거나 당장 7층으로 올라가고 싶지 않으면 한 달 안에 일본을 나가겠다는 서약서를 쓰라고 했다. 7층… 일전에 불법아르바이트로 출입국관리소에 잡혀 들어간 중국 친구를 만나러 가본 적이 있다. 마치 감옥의 면

회소 같았던 7층. 레인보우브리지 야경이 너무 예뻐서 아이러니했던 그 7층. 나는 고민도 없이 서약서에 서명하고 나와버렸다.

다녀와서 며칠을 울었다. 더럽고 치사해서 내일 당장 떠나버리겠다고 작은 침대에 가방을 올려놓고 쑤셔 넣듯 짐을 싸는 나를 멈춰 세운 건 남자친구였다. 물끄러미 나를 쳐다보며 나지막한 목소리로 너 가면 자기도 따라 귀국하겠다고 말했다. 그러면서도, "그런데 다른 방법도 있어"라 말했다. 바로 결혼해서 같이 살면 된다는 거다.

이 사람까지 왜 이래…? 복잡한 머리에 복잡한 마음까지 더해졌다.


현 남편이자 구 남자친구였던 그는 일본어 어학교에서 만난 사이다. 학교에서는 일본인들처럼 서로의 성에 '상'을 붙여서 불렀다. 7월 여름학기로 입학했던 나보다 반년 늦게 들어온 연상의 그를 모두가 '안상'이라고 불렀다.

그를 처음 만난 날, "우리 어디에서 본 적 있지 않아요?"라며 (나름) 애교스럽게 물었는데 그는 곧장 "없는데요"라고 쌀쌀맞게 대답했다. "…고향이 어디예요?" 다시 물었더니 "강원도예요" 하길래, "어머, 나 강릉 자주 갔는데! 거기에서 봤나?" 하고 (또) 귀엽게 물어봤지만 "저는 주문진 쪽이었는데요"라고 자기 말만 하고 가버린 재수없던 장발의 안상.

서로에 대한 오해가 풀린 뒤, 지고지순하고도 우직했지만 빈말로라도 적극적이라 할 수 없었던 안상의 대시("우리 사귀는 거냐"는 확인도, "사귀고 싶으면 지금 우리집 앞으로 오라"는 제안도, "키스하고 싶은 거냐"는 질문도 답답했던 내가 했다) 끝에 연애를 시작하고 반년쯤 지났을 늦은 밤이었다. 우리는 아르바이트를 끝내고 둘이서 맥도날드에서 햄버거를 먹고 있었다.

"그거 알아? 일본 맥도날드에서는 매장에서 담배도 필수 있어. 웃기지?"

실없는 소리를 하며 키득거리는 내게 한 손으로는 햄버거, 한 손으로는 감자튀김을 집어먹으며 안상은 덤덤히 말했다.

"이번 겨울에 집에 다녀오면서 결혼할 여자가 있다고 말씀드렸어."

그때도 "우리 햄버거 한 개 더 먹을까" 하는 소리를 잘못

들었나 싶었다. 그는 항상 이렇게 '메뉴 더 시킬까' '껌 먹을 래' 같은 톤으로 폭탄발언을 던졌다.

어학교 시절부터 시작된 연애 기간 내내 한 번도 나와의 관계를 가볍게 생각하지 않던 안상은 이미 각각 전문학교 와 대학에 입학해 있는 1년 동안, 성실한 사랑으로 편도 두 시간 반의 장거리 연애도 견뎌낸 이력이 있었다. 그러나 장 거리 연애 때는 내가 다시 도쿄로 돌아올 거란 희망이 있었 지만, 비자가 거부당한 상태로 귀국하는 이상 영영 일본을 떠날 것 같았나보다. 이렇게까지 배수진을 칠 줄이야.

알고 보니 결혼이라는 방법을 알려준 것은 도쿄에 사는 내 이모였다. 전문학교에 진학하며 이모네 인근 동네에 집 을 얻었고, 그 덕에 안상은 일찌감치 우리 이모와 인사를 나누며 서로 연락을 주고받는 사이가 되어 있었다. 얼굴 잠 깐 보겠다고 평일 수업에 아르바이트까지 마친 뒤 밤 12시 에 막차를 타고 우리집으로 와 새벽에 또다시 등교하는 그 를 보고 '저 정도로 미쳤으면 결혼해야지'라고 생각했다더 니, 나의 비자 탈락 소식에 이모가 그에게 배우자 비자에 대해 귀띔해준 거다.

두 사람은 전에 없던 추진력을 자랑하고 있었다. 자기들끼리 어디까지 이야기한 것인지, 어떤 절차를 밟으면 된다고 나에게 설명까지 해줬다. 하지만 동시 귀국이 아니면 결혼이라니… "귀국할래, 아님 7층 갈래?"라고 답이 정해진 선택을 강요하던 출입국관리소 직원과 뭐가 다른가. 생각지도 못한 선택지에 머리가 아파왔다.

몇 날 며칠 끙끙 앓으며 결정을 못 하고 있자 이모는 한밤중에 자전거를 타고 우리 동네로 와서 생맥주를 사주며 나를 설득했다. 보기 드물게 성실한 사람이고, 무엇보다 몇 년을 보아도 변함없이 나를 바라보는데 어느 누가 저런 사람을 또 만날 수 있겠냐고 말했다. "이 나이에 무슨 결혼? 이모 딸이라도 허락할 거야?"라고 묻자 이모는 "그럼"이라고 끄덕였다. 쳇, 무슨 거짓말을… 투덜거리며 벌컥벌컥 맥주나 마시는 나를 이모는 빤히 쳐다보더니 툭 말을 던졌다.

"너, 한국 들어가서 또 천덕꾸러기 될 거야?"

모두가 생각했지만 입 밖으로 꺼내지 않던 말. 문득 당일 비행기표를 끊어 도쿄로 곧장 날아왔던 그날 밤이 생각났다.

# 남자친구에서 남편으로

안상과 내가 둘 다 어학교를 졸업하고 집안 사정으로 나만 잠시 한국에 돌아와 있던 시기였다. 어느 날 한번은 성철이 아저씨와 대판 싸웠다. 싸움 원인은 잘 기억이 나지 않는다. 학생 때도 곧잘 싸웠지만, 잠시 떨어져 각자의 삶을 살다가 다시 살 부대끼며 싸우려니 이 지겨운 현실로 돌아왔다는 절망감에 휩싸였다. 또다시 아무도 나를 환영하지 않는 이곳이 견딜 수 없게 싫어져 처음으로 몇십만 원이 넘는 큰 결제를 했다. 네 시간 뒤 도쿄로 가는 비행기표였다. 그 카드 역시 귀국하는 내게 가서 맛있는 거 사 먹고 지내라며 안상이 쥐어준 본인 명의의 체크카드였다.

집을 나서면서 바로 안상에게 전화를 걸었다. 아르바이트 중이라 받지 못하는 것 같아 음성메시지를 남겼다.

"나 8시 비행기 타고 도쿄로 갈 거야. 이따 만나."

짐도 없이 점퍼만 입고 김포공항에서 바로 비행기를 타고 갔다. 공항에 밤 10시가 넘어서 도착했는데 긴장한 나머지 전혀 다른 역으로 가버린 바람에, 막차를 몇 번이나 갈아타 겨우 안상의 동네에 내릴 수 있었다.

자정이 다 된 시각. 텅 빈 도로가 을씨년스러웠지만 너무 무서우니 달릴 수도 없었다. 최대한 빠른 걸음으로 그의 집으로 향했다. 무사히 도착해서 한숨 돌렸지만 문제는 벨을 아무리 눌러도 그가 나오지를 않는 거였다. 이 집이 아니었나, 내 기억마저 의심했다. 로밍도 안 한 상태였기에 어쩔 수 없이 공중전화를 찾아야 했다. 또다시 뛰듯이 걸어서 찾아간 공중전화에 몇 개 챙겨왔던 엔화 동전을 넣고 전화를 걸었다. 신호가 울리자마자 바로 동전 떨어지는 소리가 났다. 생판 모르는 번호가 떴을 텐데 무슨 감이 있었는지 "자기야 어디야?" 하는 안상의 다급한 목소리가 들렸다. 덜컥 울음이 났다.

집 앞에 있다고 말하자 알았으니 거기 있으라는 말과 함께 전화가 끊겼다. 어디서 오는지 한 시간 넘게 걸려 얼굴이 반쪽이 된 안상이 나타났다. 알고 보니 그는 도쿄에 온다는 내 음성메시지를 듣고 나를 마중하러 아르바이트 중이던 렌터카 영업소에서 차를 빌려 150킬로미터 떨어진 하네다공항에 갔다가 허탕을 치고 되돌아온 것이었다.

"많이 기다렸어? 배 안 고파? 피곤하지?"

질문만 쏟아낼 뿐 화도 내지 않고 짜증도 내지 않았다. 어휴 어휴, 연신 나를 보고 웃으며 쳐다보다 또 어휴 어휴, 갑자기 어떻게 온 거냐며 기뻐하는 사람. 어디서도 환영받지 못하는 존재 같아 어떨 때는 내 자신조차 스스로가 부담스러웠는데, 그런 내가 어느 순간이든 어떻게든 나타나기만 하면 좋은 티를 숨기지 못하는 사람. 그날 밤, 이 사람 옆이 내가 있을 곳이라는 확신이 들었다.

이모와 맥주를 마시던 그 밤, 나는 잔을 내려놓으며 마음으로 이미 혼인신고서에 서명을 끝냈다. 다시는 귀국할 일도 없고 외로워지지도 않을 거라고 다짐했다. 그의 성실한 사랑을 믿어보기로 했다. 그렇게 우리는 만으로 스물두 살, 스물여섯 살에 부부가 되었다.

일본에 놀러온 엄마를 모시고 안상과 셋이서 온천을 갔던 날, 하루 지내보던 엄마가 불쑥 던진 "아무래도 너, 주현이랑 헤어지기 쉽지 않을 것 같다"라는 농담 섞인 예언이 맞아떨어진 셈이다.

안상은 대학에 합격하고 입학 직전, 돌연 결심이라도 한 듯 곱게 기르던 긴 머리를 짧게 잘랐다. 대학 면접 때도 겨우 설득해 단발로 면접을 치른 안상이건만, 어학교 졸업을 앞두고 대학에 가는 것이 결정되니 혼자 미용실에 찾아가 짧게 머리카락을 자르고는 내가 일하던 가게로 찾아왔다.

스르륵 가게 문을 열고 들어오는데, 내가 사준 남색점퍼를 입고 웃으며 들어오는 그 모습이 일순 아빠 같았다. 어쩐지 처음 본 날부터 낯설지 않았다. 생긴 건 전혀 닮지 않았지만 가게 문을 열고 들어온 그날, 탄광점퍼를 입고 구부정하게 걸어오며 "딸래마" 하고 나를 부르며 멋쩍어하는 아빠의 모습과 똑 닮았었다. 결혼할 사람이라 인사하는 자리에서도 가족들은 그가 형부랑 너무 똑같다며 나에게 소곤거렸다. 난 여전히 그에게서 순간순간 아빠가 스치듯 보인다.

# 평안한 밤 되세요

"안녕히 주무세요お休みなさい."

분명 잠들기 전에 나누는 밤 인사라고 배웠는데 손님에게 배웅인사를 나온 가게 주인아주머니가 문 앞에서 손을 흔들며 말하셨다. 술이 잔뜩 오른 그 손님은 가방을 영차 올려 메면서 비척비척, 팔을 위로 쭉 올리며 "좋은 밤お休み" 하고는 흔들어준다.

"조심해요, 엎어진다."

내가 보기엔 약간 한심스러워하는 것도 같다만, 잔소리하는 아주머니가 정겨운지 손님은 빙그레 웃으며 터벅터벅 집으로 향했다. 이름을 부르며 그가 코너를 돌 때까지 지켜보는 걸 보니 정이 든 단골인가보다.

누가 말을 걸까 무서워 사람들과 눈을 잘 안 맞추던 시절, 목욕탕 회수권을 열 장 사면 한 장은 서비스라길래 문장을 한참 연습한 뒤에 카운터에서 회수권을 달라고 말했다. 몇 번 혼자서 오던 외국인이 회수권을 사가니 주인할머니는 이제 계속 오려나 싶었는지 목욕하고 나가는 내 뒤통수에 "고맙습니다"가 아닌 "안녕히 주무세요"라고 인사해주셨다. 아무래도 나에게 하는 말인데 잘 자라니, 즉시대응이 불가능한 초짜 외국인은 조금이라도 예상과 다른 상황에 닥치면 긴장부터 된다.『민나노 니홍고』에서 잠자리 인사라고 배웠건만 내가 잘못 들었나, 뭐라고 대답해야 하나 그 짧은 순간에 식은땀이 났다. 얼레벌레 나도 똑같이 안녕히 주무시라 인사했더니 아무 일도 일어나지 않았다. 이미 할머니는 바닥에 떨어진 머리카락을 쓸며 제 할일을 하고 계셨다.

다음 날 어학교에 가자마자 아직 대학생이었던 시간강사님께 어제 있었던 일을 설명하며 그 인사에 대해 물었다.

"글쎄요, 밤이라서 그런가?"

"그럼 그냥 해도 되는 거예요?"

"뭐, 밤이니깐?"

선생님은 애매한 대답만 하고는 그대로 지나갔다. 저번에도 어린아이들이 기린에 '씨さん'를 붙여 말하길래 나도 따라 붙였더니 "어른이 그러는 건 어딘가 이상하니깐 하지 마세요"라는 피드백만 주고 가버리더니 이번에도 확실한 답은 없었다. 언어는 실전인가보다.

"딱히 의미가 있는 건 아니야. 대충 집에 가서 자겠지 싶으니까 미리 인사하는 거지."

단골가게 아주머니는 별걸 다 묻는다는 표정으로 대충 대답했다.

"근데 모두에게 다 그러는 건 아니고⋯"

그러면서도 덧붙이며 흐리는 말 속에서 이건 그들만의 정을 표현하는 말이라고 이해했다. 손님이지만 자주 찾아주는 이에게 자신도 모르게 나오는 인사랄까. 늦은 밤 들러줘서 고맙다고 가볍게 툭 던지는 친근한 말인 것이다. 말하기 전까지는 당최 묻지를 않는 습성 때문에 오래된 단골이래도 뭐 하는 사람인지, 어디서 무엇을 하다 왔는지 알지 못하지만 내 가게에 찾아오는 인연이라고 소중히 여기는 그들다운 애정표현이다.

문 닫을 준비를 하는 동네 과일가게에 뛰어들어가 수박을 달라고 물었다. 한 통 달라는 말에 주인할아버지는 지금 수박이 너무 비싸니 반통만 사라고 하셨다. 입이 많아 금방 먹을 테니 한 통을 사겠다고 해도 안 준다. 일본 사람들은 희한하게 물건값이 비싸면 파는 사람이 미안해한다. 늦은 시간에 들어와놓고 더 길게 얘기하기가 미안해 그럼 잘라둔 반통만 사가겠다 하니 얼른 꺼내서 봉투에 넣어주신다. 그러면서도 끝까지 "크고 맛있지만 좀 비싸네" 하며 면목없어하신다.

"할아버지네 과일은 늘 맛있어서 괜찮아요."

수박을 받아들고 가게를 나가며 내가 먼저 안녕히 주무시라고 밤 인사를 건넸다. 평소 숫기가 없는 편이신 할아버지는 때가 지나면 값이 싸질 거라고 인사 대신 말씀하셨다. "괜찮아요"라는 말에 그제야 "안녕히 주무세요"라 하셨다.

초짜 외국인이었던 시절의 충격인지 여기서 문장을 계속 '안녕히 주무세요'라고 표현하고, 실제 일본인들도 '잘 자'의 의미로서 건네는 말이지만 이제는 한국말로 번역할 때 딱 맞는 표현이 있는 것을 안다. 바로 "평안한 밤 되세요"다. 오늘 하루가 어땠는지 알 수 없지만 어떤 하루였든지 당신은 오늘 하루를 살아가느라 참 고생했고, 이제 그 하루가 끝났으니 안온한 저녁을 맞이하라는 애정어린 말이다. 그 마음을 이해한 순간부터 나 역시 늦은 저녁에는 "오야스미나사이"라고 사람들에게 인사를 건넨다. 오늘도 모두 평안한 밤이 되기를 바라면서.

# 물에 잠긴 행복한 꽃

　혼인신고를 한 그해에 리먼 사태가 터졌다. 모두가 큰일이라고 했지만, 학생인 우리와는 상관없는 먼 이야기라고 생각했다. 그러나 그 여파로 경기가 악화되면서 파견회사들이 줄줄이 문을 닫았다. 남편이 학업을 병행하며 신세 지던 회사도 예외가 아니었다. 사실 남편은 파견회사에서의 벌이가 웬만한 대기업 과장급이었기에 결혼도 거침없이 할 수 있었던 거였다. 하지만 결혼한 지 두 달 만에 그는 백수가 되었다. 잘 벌었다 해도 1년엔 1,300만 원씩 나가던 학비에 생활비, 그리고 연애까지 하며 이리저리 돈을 썼으니 변변한 저축이랄 게 없었다. 네 번에 나누어서 내는 학비가 곧 청구되는데, 일자리를 잃었으니 큰일이었다. 렌터

카 영업소에서의 아르바이트를 이어갔지만 3,000엔이 넘던 시급은 하루아침에 890엔이 되었다. 둘 중 하나는 공부를 포기해야만 했다.

나는 졸업까지 1년, 남편은 2년이 남았지만 그는 4년제 대학생이고 졸업하면 괜찮은 기업에 취업할 수 있을 거라 믿었다. 그리고 무엇보다 그는 이 집의 가장이니 졸업시켜야 한다는 낡은 판단도 어느 한편에 있었다. 결과적으로 내가 휴학을 선택했고, 그때부터 식당에서 파트타임으로 일하기 시작했다. 남편은 내게 어쩌지도 못하고 자리잡으면 반드시 학교로 돌아가게 해주겠다고 약속했다.


오후 4시에 아르바이트가 끝나면 장을 봐서 집에 와 저녁을 차렸고, 할일이 딱히 없으니 안주나 만들어서 술을 마셨다. 한국 책을 읽고 싶지만 보내줄 형제도 없었고, 일본어 책은 쓸쓸한 저녁에 읽기 싫었다. 지금처럼 유튜브가 활발했던 때도 아니고, 몇 명 친구가 있었지만 나와 다른 생활반경을 가지게 되었으니 나도 그들도 만나서 놀기는 부담스러웠다. 가계가 힘드니 뭔가를 배우러 다니는 것은 물론이요, 쇼핑도 할 수 없었다. 그러니 장 봐온 것으로 입맛

에 맞는 안주를 만들어 맥주나 사와サワー를 마시는 것이 가장 적합한 취미생활이었다.

그때 살던 신혼집은 오래된 건물이라 웃풍이 굉장히 심해서 뉴질랜드 갈 때 샀던 초록색 패딩을 입고 지냈다. 애초에 결혼했으니 조금 큰 집으로 옮겨야 한대서 이사했던 집이었는데, 내게는 너무 넓고 추웠다. 여기저기서 물려받은 가구와 커튼, 이불은 자기들끼리 그 어떤 조화도 이루지 못했다. 지금 생각하면 너무 어린 나이에 급하게 결혼하느라 집을 구하는 것도, 가구를 사는 것도, 하다못해 그릇 하나 사는 것까지 아무런 취향도 기준도 없이 시작했으니 영 재미없는 신혼이었다. 물론 즐거운 날도 있었지만, 색도 디자인도 맞지 않은 그 낡은 집에서 대체로 나는 혼자였고 대체로 쓸쓸하고 외로웠다.

초록색 패딩을 입고 다니던 꿈 많은 유학생은 정신을 차리고 보니 '식당 파트타임 아줌마'라 불리는 기혼의 아르바이트생이 되어 있었다. 당시 나보다 한참 나이가 많은 기혼자들과 함께 일을 했는데, 그들로부터 결혼은 얼마나 미친 짓이며 이혼은 얼마나 '드러운' 짓인지, 치사하지만 살기 위해 타협해야 하는 것 또한 결혼생활이라는 이야기를 신혼 시절에 매일 들어야 했다.

그 소리는 거슬려도 일은 힘들지 않았다. 정작 힘든 것은 나와 비슷한 나이의 학생들에게 음식을 서빙하면서 내가 있어야 하는 자리에서 저만치 멀어지고 있다는 불안감이었다. 그리고 그보다도 더 괴로웠던 건 TV 소리 말고는 생활소음이 전혀 없는 우리집이었다. 텅 빈 공간이 너무 익숙했다. 그 익숙한 고요함이 나를 제일 괴롭혔다.

외롭지 않은 생활을 '내가 선택한 가족'과 이루고 싶었다. '아무나'가 아닌 '누군가'가 필요했다. '너여야만 해'라 말할 수 있는 사람을 찾아야 했고, 나 역시 그 사람에게 '너여야만 한다'는 소리를 듣고 싶었다. 나와 헤어지느니 모든 걸 포기하겠다던 젊은 혈기의 남편과 덥석 결혼부터 해버린 가장 큰 까닭을 파헤쳐보자면 듣고 싶은 그 소리를 들어서였다. 외롭지 않을 거라 기대하고 저질렀던 결혼이었는데 달라진 게 없었다.

남편은 수업이 없는 날마다 두 개의 아르바이트를 하는 동시에, 두 시간 반 걸려서 학교를 다녔다. 이모네와 떨어지기 싫다고 내가 남편의 학교 근처로 이사하지 않았기 때문이다. 비싼 차비와 전철에서 버린 시간들, 이 두 가지만 내가 해결해줬어도 남편이 조금은 편하지 않았을까. 급격하게 바뀐 내 삶과 마음의 구멍을 메꿔보겠다고 나의 외로움에 빠져 있느라, 해줄 수 있는 걸 하지 않고 있었다. 나와 함께하고 싶다는 이유로 남편이 치른 고생이었다.

남편이 밤 12시 막차를 타고 오면 시간에 맞춰 역으로 마중을 나갔다. 다음 날 학교나 아르바이트를 가야 하면 바로 들어오고, 다음 날이 쉬는 날이면 역 근처에 있는 도넛 가게인 '미스터 도너츠'에서 도넛을 하나씩 먹고 들어왔다. 100엔짜리 도넛을 두 개 사 먹으면 특별한 날 같아 어린아이처럼 즐거웠다. 피곤해서 눈은 새빨갛고 수염이 송송 난 얼굴을 보면 빨리 들어가야 하는데 싶다가도 "오늘 뭐 했어"라며 다정히 웃는 얼굴이 너무 좋아, 별거 하지도 않았지만 아침부터 뭐 했는지 종알종알 수다를 떨었다. 잘 들어주다가 그가 조심스럽게 하품하면 그제야 "피곤하지, 가자" 하고 일어섰다. 괜찮다고 말할 그였지만, 나도 다정하고 싶어 서둘러 집으로 돌아갔다.

딱 하루 남편이 쉬는 날엔 함께 오전 내내 잠만 자고, 늦은 오후에 겨우 일어났다. 침대에 둘이 누워서 전날 방영한

〈무한도전〉을 보며 깔깔 웃고 나서는 이른 저녁을 먹었다. 월급이 들어온 날에는 동네 음식점에서 외식을 했고, 난 맥주, 남편은 과자를 사서 한국 드라마를 보며 일찍 잠들었다. 다음 날은 또다시 두 시간 넘게 학교를 가야 하고 아르바이트도 막차 시간까지 해야만 했으니, 이 시기의 모든 일요일은 거의 비슷한 나날을 보냈다. 그 집에서 즐거운 날은 온통 다 일요일에 있었다.

여전히 쳐다만 봐도 좋다고 히죽거리고 날 요리조리 쓰다듬으면서 예쁘다며, 좋아한다는 말을 여러 번 많이 표현하는 사람.

분명 힘들었지만 소박한 행복이 곳곳에 뿌려져 있던 일상이었다. 꽃처럼 예뻐하는 게 곧 사랑이고 그 사랑으로 내가 시들지 않고 행복하게 살고 있다고 믿었다. 하지만 아마 그때부터 서서히 침전해가고 있었다. 이미 이 시기에 불면증은 시작됐고, 간지럽고 진물이 나는 피부병이 온몸을 뒤덮고, 이유 없이 눈물 나는 날이 많아졌지만 그래도 그 하루, 남편이 쉬는 그날은 가장 행복한 사람이 될 수 있었다.

# 결국 이방인일지라도

곧 있으면 착륙한다는 안내방송과 함께 윤곽을 드러낸 한국 땅을 창문 너머로 바라봤다. 보기만 해도 두근거린다. 짐을 찾아서 게이트를 나가면 사방에서 들리는 한국말이 이제는 익숙한 듯 낯설어진 해외동포는 자신도 모르게 깊은 숨을 내쉬면서 긴장이 풀려버린다.

노곤함에 하루종일 잠만 자다가도 늦은 밤에도 배달되는 음식에 눈이 아니라 입이 떠진다. 지나가다 사 먹는 싸구려 커피도 입에 착착 붙는다. 그사이 노선이 바뀌어 묻지 않으면 타지 못하는 버스도 환승이 되니 두렵지 않다. 아침에 주문하면 책도 당일에 배송되고, 자기 전에 주문해두면 다음 날 새벽에 도착한 재료로 아침을 차릴 수 있다. 하루가 다르게 변하고 발전하는 시스템에 편하다, 빠르다! 연신 감탄하며 평소에 별 생각 없던 일본 시스템에 불만을 가져보기도 한다.

"강원도는 일본의 아오모리青森 같은 곳이잖아. 근데 기차가 진짜 빠르고 싸다. 한국 짱이다."

신칸센을 생각하면 저렴한 편인 ktx를 타고 시댁도 금방 갈 수 있다고, 새삼스레 놀라워했다. 일본 영토는 한국의 세 배쯤 되니 이동거리가 먼 것도 당연한데, 도쿄 촌년은 맥주를 마시면서 거들먹거렸다. 남편은 긍정도 부정도 하지 않고 입에다 안주를 넣어준다.

"옛날에 무궁화호 타고 강릉 가려면 여섯 시간이 넘었어, 그거 알아?"

강원도 토박이에게 잘난 척도 잊지 않는다. 일본이 눈치 준 것도 없었는데 내 나라에 있으니 행동에 거침이 없다. 홈그라운드의 편안함은 역시나 돌아왔을 때 느껴진다. 내가 긴장하고 눈치 보며 살았구나, 작은 법이라도 어기면 최악의 경우 추방으로 이어지는 외국인 신세에 스스로 꽤나 보수적으로 살았다는 걸 창가에 비친 들뜬 나를 보며 깨달았다. 이러니저러니 해도 내 나라가 좋구나!

그럼에도 다시 일본으로 돌아와, 우리 동네 전철역에 내려 익숙한 풍경이 눈에 들어오면 첫마디는 어김없이 "소바 먹으러 가자"다. 마치 여행에서 외지음식을 잔뜩 먹고 귀국해서 집밥이 먹고 싶은 사람들처럼, 술술 넘어가는 메밀국수를 쓰유에 찍어 먹고 면수까지 마셔주어야 속이 풀린다. 한국에서 풀렸던 긴장감은 분명 일본으로 돌아오며 다시 바짝 들어갔을 터인데 결국 내 집은 이곳이다 싶다. 집중하지 않으면 반쯤 들리지 않는 외국어지만 급변하지 않아 익숙하게 해내는 시스템들이 더 마음 편하다. 해외살이를 통해 내 나라와 내 집이 분리되는 신기한 경험이다.

한국을 다녀온 사이 작은 축제와 행사 안내문이 동네 게시판에 붙어 있다. 가격과 일정이 부담스러워 여행을 잘 못 떠나는 동네 사람들은 이렇게 크고 작은 자기들만의 재미를 만들어낸다. 아이들은 논다고 신났고, 남편과 나는 동네 행사니까 구태여 쫓아가지 않아도 되니 쉴 생각에 같이 신난다. 잔잔히 흘러가는 물결에 익숙해진 걸까, 집에 들어가자마자 모든 창을 열어 환기시키고 짐은 풀지도 않은 채 샤워만 하고 조용한 집에 대짜로 누웠더니 이제야 잠 좀 잘 것 같다.

두 나라는 하드웨어가 비슷하지만 소프트웨어가 전혀 다르다. 생김새도 비슷하고 음식도 어순도 비슷하니 서양에 비하면 생활에 어려울 게 없을 줄 알았건만, 살면 살수록 선명하게 다른 모습에 새삼 놀랄 때도 있다.

배려의 기준도 다르고 민폐의 종류도 다르다. 매너와 예의는 비슷할 수 있으나 정도가 다르다. 그중에서도 가장 다르게 느꼈던 건 감정의 표현이었다. 워낙 일본소설을 좋아했으니 그들의 정서와 내가 잘 맞겠다고 생각했지만 아이들을 키우면서 매일 접했던 동화책은 색달랐다. 흔히들 드러내는 것이 흉이라던 허무, 미련, 공허, 질투, 시기 등 부정적인 감정들을 혼내거나 다그치지 않고, 그것 또한 너의 감정이라고 표현하는 문장과 스토리가 주를 이뤘다. 어느 감정 하나 버리지 않고 그대로 표현되어 있는 문장과 전개에 아이들보다 내가 읽고 싶어서 더 많이 읽어줬다.

동화 『살아 있다는 건生きる』(2020)을 지은 다니카와 슌타로는 책에서 살아가고 있기에 느낄 수 있는 작은 감각들을 나열하며 그것들을 소중히 여기되, 마지막 문장에서 타인이 적의를 갖고 나를 대할 때 자신도 적의로 물드는 존재가 되지 말라는 깊은 메시지도 전달한다. 삶에는 특별한 무

언가를 경험하고 깨닫기보다 지금 내 앞에 존재하는 일상을 보고 만지며 느끼는 감정들, 그리고 공존하는 사람들과의 부대낌을 소중히 여기는 것이 더 중요하다. 그는 그렇게 모두가 알지만 자주 까먹고 마는 메시지를 전해준다. "숨겨진 악을 조심스럽게 거부하는 것" "사람은 사랑한다는 것" "네 손의 온기/생명이라는 것". 복수하지 말고 똑같이 어리석은 사람이 되지 말라는 백 마디의 말보다 더 울림 있는 표현이다.

아이들과 함께 동화책에 울고 웃고 이야기하며 공감할 수 있었던 건 작가들이 수많은 감정들을 섬세하게 다루고 있기 때문이었다. 나의 감정을 돌아보기도 하고 아이들에게 새로운 단어로 감정을 알려주면서 간접적으로 감정의 정의를 다시 내려볼 수 있었다. '어떠한 감정도 거부할 것 없이 있는 그대로 받아들이면 된다.' 일본인들은 그 훈련을 아주 오래전부터 해온 듯 보였다. 모든 감정을 고스란히 흡수하며 살았던 나에게 부정적 감정은 지워버리고 긍정적 감정은 더욱 높이 끌어올리며 살아야만 한다는, 이른바 '성숙한 어른'의 규칙들은 불편했다. 그 규칙 안에서 나는 결국 끝까지 못나고 예민한 사람이구나, 스스로를 더욱 삐딱

하게 볼 수밖에 없었으니까. 하지만 이곳에서는 어떠한 감정도 버릴 것이 없다고 인정받았다.

흔히들 일본인은 자신의 감정을 드러내지 않는다고 말하지만, 나의 짧은 경험으론 일본은 '민폐'의 범위가 넓어 일방적인 감정을 내비치는 것을 조심스러워할 뿐이다. 속내를 드러내야 하는 순간에는 거침없이 솔직히 꺼내놓는다. 사람들에게 비쳐질 자신보다 그 순간의 용기를 더욱 우선으로 둔 것을 모두 알기에, 고백하듯 말할 때는 누구도 섣불리 비난과 판단을 하지 않는다. 혹여 그 말에 동의하지 않고 의견이 다를지라도 침묵으로써 대답할 뿐 그가 느낀 감정에 사담을 얹지 않는다. 부정하지 않는 면 또한 속내를 알 수 없는 민족이라 말하는 사람도 있지만, 그뒤부터 그 사람에게 거리를 두거나 혹은 더욱 살갑게 굴며 충분히 자신의 입장을 드러내니 나에게는 솔직하고 담백한 표현방식으로 보인다.

이제는 한국보다 더 익숙한 일본살이라 해도, 역시 내 나라에 가면 알게 모르게 굳어 있던 긴장이 풀려 여기저기가 아프고 잠이 쏟아진다. 남편은 태어나고 자란 곳이지만 사는 곳이 아니라 한국에서 물갈이를 한다. 한국에 가자마자 먹을 거라며 둘이서 식당 리스트를 잔뜩 적어가도 막상 도착하면 나는 잠이나 자고 싶고, 남편은 계속 배를 부여잡는다. 그러니 항상 일본으로 돌아가는 비행기에서 내가 한국에서 자고만 왔다고 허탈해하면 자신은 화장실만 갔다 왔다고 더 억울해하곤 했다. 일본에서는 이방인, 한국에서는 해외동포, 이도 저도 아닌 떠돌이들 같다.

이방인으로 존재하는 이상 우리는 평생 내 집 장만은커녕 이 사회에 세 들어 사는 신세다. 그걸 알면서도 이곳을 떠나지 않는 이유는 어린아이부터 노인까지 모두에게 "그런 마음도 있는 거란다. 괜찮다"라고 도닥여주는 이곳 사람들 덕분이 아닐까.

# 나는 희망한다, 당신도 희망하라

세상에 '특별 취급'할 게 딱히 없는 사람에게 아이가 생긴다는 건 굉장히 당황스러운 일이다. 사정이야 어찌 되었든 태어났으니 죽지 않고 그저 살아간다는 마음으로 버티는 것 외엔 목표가 없는 사람이, 외롭다는 것이 무엇인지 정의도 못 내리면서 혼자 두지 않겠다는 맑은 청년의 청혼에 결혼을 선택했다. 그리고 남들도 그렇게 한다길래 이것이 평범하게 살아가는 방법인 줄 알고 별 생각 없이 덜컥 임신까지 했다. 그 아이가 삶에 없던 걸 있게 만들고, 몸통마저 흔들릴 파문을 일으킬 수 있는 강력한 존재라는 걸 젊은 엄마는 몰랐다.

인생에서 가장 행복했던 그 시절, 고요한 공간도 편안함을 가져다준다는 걸 몸소 느꼈다. 아직 6개월밖에 안 된 첫 아이가 낮잠 자는 동안 오전에 빨아두었던 손바닥만 한 빨래들은 볕에 바짝 말라갔다. 내리쬐는 볕이 우리 아기 옷을 소독해주고 다림질까지 해주는 것 같아 그렇게 고마웠다.

새근새근 자는 얼굴 바라보며 누굴 닮았나 혼자서 키득거리다, 혹시라도 깰까봐 제대로 만지지 못하고 가까이 손가락만 대다가 마는 것이 세상 재밌었다. 한 번씩 코로 큰 날숨 내쉬면 더 푹 자라고 배에만 살짝 낮잠 이불을 덮어주고는 읽고 싶던 책을 읽으며 너도나도 쉬던 시간들. 아이는 그렇게 두세 시간 자고 일어나면 빵떡이 되도록 잘 잔 얼굴로 엄마 눈 마주치며 빵긋 웃어주었다.

목표도 없고 바라는 것도 없는 나에게 아이가 주었던 엄청난 행복은 사실 두려웠다. 그전까지 내 마음을 들여다보면 온통 부정적인 감정만 가득했다. 행복이라든가 기쁨, 희망, 이상 이런 것들은 생각해본 적이 없다. 일종의 방어기제였고 생존을 위한 훈련이었다. 그런 내게 엄마가 되어서 느낀 환희는 낯선 감정이었다.

이 낯선 마음을 어찌할지 몰라 책임감만 과도해져갔고,

아이를 늘 편안하게 대하는 남편과 달리 나는 예민하게 육아했다. 24시간 나만 봐달라고 떼쓰던 아이가 누군가를 24시간 봐줘야 하는 아기 엄마가 되었으니 당연하다. 방법을 알려주는 사람도 없고 물어볼 곳도 없었다. 품안에 작은 인간이 한 명 추가되었을 뿐인데 익숙한 집이 너무 낯설어지기 시작했고, 급기야는 잠깐 화장실에 다녀오는 시간도 아이가 혼자 있는 게 무서워서 아이를 안고 갔다.

엄마와 둘이서만 지내면 말이 늦을 수 있다는 친구 말에 놀라, 동네 슈퍼에 물건을 사러가서 일부러 사람들과 만나게 하고, 강아지 산책하러 나온 할머니들 모임에 슬쩍 데리고 가서 말 걸어주길 기다렸다. 조부모님과 멀리 떨어져 있고 자주 볼 수 없으니 이러다 노인에게 낯가림이 생길까 싶어서였다.

남편이 쉬는 날에는 온전히 세 식구가 지냈다. 남편은 아이가 예쁘기도 했지만 내가 편했으면 하는 마음이 더 컸단다. 육아에 적극적인 남편 덕분에 그가 집에 있는 휴일이 너무 좋았다. 아직 30대였기에 더 밖으로 나가 자신의 커리어를 위해 일해야 했던 시간이 아니었는지, 이제 와서 돌이켜보면 미안하다.

"나도 미리 애정을 저축하는 거야. 그럼 나중에 사춘기 때 모른 척 안 하겠지! 지금 시간을 보내는 게 더 중요해."

남편은 항상 이렇게 말했지만 내가 더 건강한 사람이었어도 그랬을까?

그때는 양말 하나를 빨아도 참 열심히 빨았다. 주변에서 아이 잘 키우고 있다는 칭찬도 많이 들었지만 여전히 불안했다. 분명 무언가 놓치는 것만 같고, 더 잘해줄 방법이 있을 것 같아 만족스럽지 않았다. 아이가 웃을 때마다, '첫' 무언가를 할 때마다, 열이 나서 엄마만 찾고 매달릴 때마다 뭐라도 더 해줘야 하는데 하며 스스로를 다그쳤다.

돌이켜보면 책임감이었다. 오로지 나와 남편이 원해서 세상으로 불어온 이 아이를 잘 키워야 한다는 소명감. '잘 키운다'는 게 뭔지도 모르면서 그저 잘해보겠다며 하루 온종일 아이를 위해 보냈다. 고맙게도 아이는 밝고 건강하게 잘 자랐다. 발달도 빠르고, 고집이나 투정도 없이 말귀도 잘 알아들었다. 그런데 잘 자라주는 아이를 보면서 나에 대한 뿌듯함은 전혀 들지 않았다. 아이가 무탈히 자란 것은 그저 집에서 반복되는 안전한 생활 패턴, 다정한 아빠 그리고 아이의 타고난 천성 덕분이었다.

나의 열심과 극성은 스스로를 어찌하지 못한 부작용이었을 뿐, 아이가 자라는 데에는 없어도 되는 유별남이었다. 이조차 아이가 초등학교 3학년이 돼서야 남편의 일침으로 눈치챘으니 나는 한참이나 아이와 나를 분리시키지 못한 채였다.

　적절한 시기를 놓치면 되돌리기 힘든 것들이 있다. 그것이 육아라면 내가 아이를 망친 것 같아 죽을 때까지 미안한 마음이 사라지지 않겠지. 그래서 항상 조급했고 필요 이상으로 기운을 썼다. 부산스러운 마음으로 편안한 엄마가 되어주지 못했다. 고백하자면 '널 위한다'는 게 '너 때문'이 되던 날도 많았다. 지금보다 더 많은 시간을 천천히 바라봐줄걸, 그거면 되었는데. 무작정 달리다보니 아이는 저만치 떨어져 있고 나 홀로 경기장을 뛰고 있었다.

　나처럼 갑작스럽게 '부모'라는 경주를 시작한 사람이라면 말해주고 싶다. 성실하고 책임감 강한 당신을 스스로 많이 칭찬해주고, 아이는 분명 나보다 더 괜찮은 어른이 될 거니 너무 걱정하지 말라고. 아이의 얼굴이 모든 걸 말해줄 테니 더 천천히 들여다봐주라고.

노을이 가라앉고 어둑해진 풍경 속 하나씩 켜지는 불빛들 사이로 머리는 엉망이고 옷도 아무거나 입은 젊은 엄마와 연분홍색의 귀여운 우주복을 입은 아기가 비쳤다. 7킬로그램도 안 되는 연약한 아기가 너무나 무겁게 느껴져 엄마의 팔이 부들부들 떨린다. 어쩌자고 겁도 없이 아이를 낳았을까, 울음이 왈칵 터져 한참을 안고 운다. 눈물이 아기 옷 위로 뚝뚝 떨어지는데도 아기는 새근새근 잘도 잔다. 어설프게 안은 젊은 엄마의 품이 제법 편안해졌나보다. 너무 두렵고 암담했지만 이 아이를 꼭 행복하게 만들고 싶었다. 하던 대로 우선 살아나가기로 했다.

"나는 희망한다. 그러니 당신도 희망하라Spero spera". 계속해서 희망하자. 그럼 빛이 있는 방향으로 나아갈 거다. 그렇지, 그러자. 품안으로 아기를 꼭 안고 밤이 오는 시간을 둘이서 고요히 맞이하던 날들이었다.

# 다시 몸을 움직일 때

우울해도 되었다. 한없이 누워 있어도, 술을 마시고 게으른 생활을 해도 남편은 아무 말 하지 않았다. 애초에 집을 나설 때와 돌아올 때 현관에서 인사만 해주면 충분하다 말하는 사람이었다. 최소한의 집안일, 그가 부탁한 일만 해내면 한없이 어리광을 부릴 수 있었다. 그 어리광을 그만둬야겠다는 생각이 든 건 엄마가 돼서부터다.

아이는 내 손을 거치지 않고서는 아무것도 못했기에 내가 반드시 필요했다. 해맑은 이 아기는 날 너무 믿었다. 특히 내가 주는 건 의심 없이 받아먹어서 무서웠다. 내가 웃어주면 아무 이유 없이 웃었다.

출산 이후 내 우울은 분노로 변해갔다. 아이를 키우다보니 엄마에 대한 원망이 극에 달했다. 이렇게 손이 많이 가고 예쁜 아이를 두고 왜 그랬을까, 왜 날 불안하고 외롭게 만들었을까, 갓난아이를 안고 어린 시절의 내가 억울해서 울었다. 하지만 그조차 멈추고 뭐라도 해야 했다. 거짓이든 연극이든 뭐라도 해서 이 아이를 행복하게 키워내야만 했다. 그러지 않으면 아이도 나처럼 망가질 것만 같았다.

처음에는 육아 이론을 열심히 배워서 적용시키면 된다고 쉽게 생각했다. 아기가 깨어 있는 시간 빼고는 계속 육아서적을 닥치는 대로 읽었다. TV에 나오는 사람, 엄마들 사이에서 유명한 사람, 의사와 박사들의 말을 까먹지 않게 메모하고 공부하듯 읽고 바로 적용시켰다. 곧잘 받아들이는 아이 덕분에 잘 해내고 있는 기분이 들었다. 자신감이라도 생겼는지, 행운처럼 찾아온 둘째도 낳았다. 그러다 문득 '이게 아닌데' 싶었다.

내 마음은 아직도 구렁텅이 속이었다. 아이에게 방긋 웃어주는 게 힘들었다. 점점 온몸으로 놀아주기가 버거웠고, 밝고 긍정적으로 키워낼 자신이 없어졌다. 책에서 하라는 대로 하는데… 아이도 잘 따라오는데… 알 수 없는 불안은 점점 더 커져갔고, 우울이 다시금 모습을 보이기 시작했다.

첫째를 낳고 오래되지 않아, 밤에는 불면증 때문에 술을 마시고 쓰러지듯 잠들고 낮이 되면 아기 쫓아다니느라 정신없는 하루를 매일같이 보냈다. 아이만 반듯하게 씻겨 입히면서 나 자신은 영화 〈나 홀로 집에〉 속 '비둘기 아줌마'의 몰골이었다. 그 사실을 잘 아는 친구들은 도쿄에 가끔 놀러올 때마다 매번 화장품을 선물했다.

　힘으로 악으로 끌고 오다 터져버린 건 둘째를 낳고 1년 뒤였다. 가계를 위해 생후 3개월 된 둘째를 어린이집에 보내고 바로 생활전선에 뛰어들은 지 9개월쯤 된 상황이었다. 내 육신이 영혼을 질질 끌고 억지로 살아가는 느낌이 들더니, 다음날 길을 걷다가 그대로 누워버리고 싶은 마음이 절실해졌다. 그대로 남편에게 전화를 걸어 더이상은 힘드니 일을 그만두겠다고 말했다. 남편은 아이 키우면서 일까지 하느라 힘들었지, 하며 그만두라 하였다. 솔직히 경제적으로 외벌이가 불가능한 상황이었다. 그 사실을 서로가 알았지만 그러자 했다. 지금 생각하면 너무 고마운 일이지만, 당장에는 그런 말조차 나오지 않았다.

　그대로 한 달을 넘게 누워만 있었다. 아침에 아이들을 어린이집에 보냈다가 오후가 되면 데려와서 저녁 한끼만 간신히 차려주고, 다시 누워만 있었다. 그러다가 둘째가 알레르기로 병원에 실려가는 일이 터졌다. 피부보호막이 무너진 것이었다. 면역력 저하가 이유였다. 의사 선생님이 선천적이라기보다는 케어를 제대로 해주지 않아서 후천적으로 생긴 증상이라고 하셨다. 엄마가 되고 나서부터 어리광을 그만뒀다고 생각했는데 전혀 아니었다. 매일 내 우울에 빠져서 아이들을 방치한 파렴치한 엄마가 되고 말았다. 내 자신이 너무 싫었다. 다시 나를 일으킬 때였다.

# 가다보면 집이 나올 거야

　신혼 시절 불면증이 한창 극에 달했을 때, 몸이 편해서 잠을 못 자는 거라고 비꼬는 사람들이 있었다. 남편은 학교 다니랴 밤낮으로 일하랴 고생하는데, 넌 울타리 안에서 편안히 지낸다고 던지는 심통들이었다. 아니라고 생각하면서도 속으로 혹시나 싶어 당장 몸을 피곤하게 만들기 위해 난생처음 러닝을 시작했다.

　우선 집에서 조금 떨어진 공원을 한 바퀴 뛰고 돌아왔다. 처음에는 한 바퀴도 너무 힘들어서 무척 피곤했는데 여전히 잠은 오지 않았다. 아직 덜 피곤한가, 다음 날은 오기로 네 시간을 뛰었다. 물론 쉬지 않고 뛰지는 못했다. 뛰다가 벤치에 앉았다가, 뛰다가 걷다가 다시 뛰기를 반복했다. 그렇게 공원과 그 주변을 맴돌며 몇 시간씩 녹초가 되도록 움직였다.

아침에 일어나 식당 일을 다녀온 후 미리 저녁을 준비해 두고 오후 5시가 조금 넘으면 밖으로 나가 9시가 넘을 때까지 달리다 집으로 돌아왔다. 너무 피곤해 겨우 샤워만 하고 침대에 대자로 뻗은 채 잠을 기다렸다. 결국 잠에 들지 못하고 멀뚱히 천장만 보고 있다 자정이 넘으면 남편을 마중 나갔다. 자주 깨고 선잠을 잘 뿐 숙면하지 못했다. 몸이 피곤하지 않아서 잠을 못 잔다는 말은 순 엉터리였다.

여전히 불면증은 심했지만 계속 뛰다보니 어쩐지 마음이 조금 가벼워졌다. 뭐라 말할 수 없는 우울감에 머릿속이 늘 무겁고 가슴은 답답했는데, 한참을 뛰고 집에 돌아오는 그 길만큼은 늘 한결 나았다. 짓누르는 어깨 통증도 편안해졌다. 뛰는 게 좋았다기보다 공원에서 집으로 돌아올 때의 그 기분이 산뜻해 반년 넘게 매일같이 공원에 뛰러 다녔다.

일석이조로 군살도 걷어내고 탄탄해진 몸으로 첫째 아이를 임신했다. 쉽게 임신에 성공한 건 술 담배 안 하는 남편 덕이 크겠지만, 분명 매일 러닝하며 한층 좋은 컨디션으로 올라온 내 체력 덕분도 있다. 원수 같던 불면증은 임신과 동시에 사라졌다.

다시 뛰어야겠다는 생각이 든 건 아마도 그때의 좋았던 기억 덕분일 거다. 밑바닥이 어디인지 모를 정도로 체력이 떨어지고 멘탈은 널뛰기를 했지만, 나는 엄마가 되었으니 나를 그냥 내버려둘 수 없었다. 뭐라도 해야 했다. 그때처럼 당장 시작할 수 있는 건 역시 러닝뿐이었다.

아이들이 일어나기 전 새벽에 무작정 운동화를 신고 나갔다. 경력이 있으니 잘 뛸 수 있을 거라 자신했다. 해가 뜨기 전 문을 열고 나가 가벼운 스트레칭을 한 뒤 설렁설렁 가볍게 달리기 시작해, 돌아올 때는 땀에 흠뻑 젖을 멋진 내 모습을 상상했다. 그런데 웬걸, 현실은 40미터도 뛸 수 없었다. 초등학교 1학년 아이들도 50미터 달리기는 전속력으로 잘 뛰던데, 난 그 꼬맹이들보다도 못 뛰는 거다. 첫날은 절망적이었지만 한번 마음먹었으니 끈기를 갖고 매일 새벽에 나갔다. 하지만 몇 주가 지나도 나아지지 않는 실력에 좀처럼 재미가 붙지 않았다.

빨리 뛰지는 못해도 한 시간씩 페이스를 유지하며 뛰어다니던 신혼 때와 비교하니 흥이 안 난다고, 남편에게 투덜거렸다. 남편은 처음에는 다 그렇다며 관심 없는 듯 대꾸하더니, 다음 날 새벽부터 같이 나가자며 내 뒤를 쫓아 나왔다. 처음부터 뛰려하지 말고 우선 걸어보라며 빠른 걸음으로 나란히 옆에서 걷더니, 조금씩 거리를 늘려나갔다. 100미터 뛰고 200미터 걷기를 반복하다 매일 조금씩 뛰는 거리를 늘어나게 유도했다. 그렇게 내 옆에서 3개월을 같이 뛰어주었다. 유능한 코치 덕분에 포기하지 않고 매일 나간 결과, 5킬로미터에서 7킬로미터는 일정한 페이스로 달릴 수 있게 되었다. 체중감량을 하고 뛴 것이 아니기 때문에 빨리 뛰지 못했고, 체력이 좋은 상태도 아니어서 식단조절도 하지 않았다. 몸무게에 차이는 없었지만 살들이 조금씩 정리되는 변화가 보였다. 다만, 그 변화를 나만 알아봤다. 남편도 딸도 모르겠단다. 과히 한탄스러웠다.

재미를 붙이니 혼자 뛰어도 괜찮을 것 같아, 시간을 바꾸기로 했다. 아이들과 남편이 모두 외출한 뒤 오전 9시쯤 집을 나섰다. 일도 그만두었을 때라 모두가 나간 뒤 누워만 있는 생활에 변화를 주고 싶었다. 새벽에는 도로가 한산하고 공사도 안 했는데, 아침에 나오니 교통체증과 인파를 피해야 했다. 달리다 멈추기를 반복하는 게 불편해서 옛날처럼 공원을 뛰기로 마음먹고 자전거에 올라타 적당한 곳을 찾아다녔다. 새로 찾은 공원은 한 바퀴를 슥 돌면서 뛸 만한가 탐색하고 며칠 다녀본 후, 마음에 들지 않으면 다른 공원으로 옮겨보곤 했다. 체감상 도쿄 23구 내 모든 공원은 다 찾아가봤다. 그렇게 이곳저곳을 돌아다닐 무렵 코로나 19가 온 세상을 덮고 있었다.

뉴스에서 러닝 중에도 감염될 수 있다고 주의를 전했다. 전 세계를 뒤덮은 이 신종바이러스는 뛰면서 스치는 사람들에게도 옮겨갈 수 있다니까 길거리에 사람이 별로 없지 않을까 생각했다. 하지만 예상과 달리 오히려 거리에는 사람이 더 많아졌다. 실내보다 그나마 실외가 안전하고 정체보다 움직이는 게 더 안심되는 마음이 다 똑같았다.

길거리는 출퇴근하는 사람들이 점점 사라지고 러너들로 채워졌다. 매일 같은 시간에 뛰다보니 특정 사람과 자주 마주치게 되었고, 그러다 가벼운 인사도 나누게 되었다. 사람들이 전부 밖으로 나와 사회생활을 하던 시절에 나는 집과 가게만 쳇바퀴 돌며 단절된 삶을 살았는데, 사람들이 사회생활을 멈추고 집으로 몸을 피해야 하는 시절이 되니 오히려 밖에서 더 활발히 사람들을 만나며 살았으니 인생은 참

아이러니하다.

　도쿄는 크고 작은 공원이 도심 곳곳에 있고, 규모가 큰 곳은 러닝 표기도 잘 되어 있다. 공원이 아닌 인도 역시 구불구불한 길보다 직선으로 길게 뻗은 길이 많고, 대체로 아스팔트가 잘 깔려 있다. 격자식 도로 설계가 많으니 모르는 길이 나와도 골목에서 한쪽 방향으로 계속 꺾으면 내가 시작한 장소로 돌아오는 경우가 많아 길을 잃을 걱정 없이 낯선 곳도 뛰기 편하다. '뛰다보면 집이 나오겠지.' 길을 잃을까 하는 소리인지 방황하는 나를 두고 하는 소리인지 모를 말을 중얼거리며 뛰고 또 뛰었다. 걷기와 달리기는 내게 명상 같은 마음단련 수단에 가까웠다.

　당연히 의욕이 생기지 않는 날도 있다. 무거운 머리와 복잡한 마음이 내 몸뚱이를 꽁꽁 싸맨 듯한 날이다. 그래도 어떻게든 나를 데리고 나가줘야 한다. 뛰지 않아도 된다. 다만 걷더라도 지칠 때까지 계속 걸어줘야 한다. 한없이 '계속 직진!'을 외치며 걷는 거다. 그러다 여기가 어딘가, 너무 힘들다 싶을 때 비로소 몸을 돌려 집으로 돌아온다. 이때는 오직 빨리 집에 가고 싶다는 생각밖에 안 든다. 고민거리나 나를 괴롭히던 것들은 털끝만큼도 생각나지 않고, 내가 어쩌자고 여기까지 왔나 과거의 나를 원망하거나 더 빨리 걸어서 나를 집으로, 집으로 데려가주렴 하며 다리에게 애걸하게 된다. 그렇게 오직 돌아가는 것만 생각하다 보면 내가 돌아갈 곳이 있고, 버텨준 다리가 얼마나 감사한지 모른다. 그렇게 붙잡고 있던 고통을 내려놓으면 다 잘되겠지, 다시 기운을 차리게 된다.

좌절은 어쩌면 발버둥쳐도 나아지지 않는 현실에서 오는 괴로움이지 않을까. 다리의 방향을 살짝 옆으로 틀어 걷기와 달리기, 내 몸을 움직이게 하는 방향으로만 써본다면 현실의 문제를 해결하진 못해도 버텨내는 힘은 얻을 수 있다. 그렇게 얻은 힘으로 오래 버틸 것도 없다. 딱 다음 날 하루치만 잘 살면 매일이 살아진다. 험한 길이어도 가다보면 편안한 내 집이 나올 테니까.

# 빛나는 언덕의 공원에서

자전거를 타고 동네 공원 도장깨기를 다닐 무렵, 아이들을 어린이집에 맡겨두고 조금 멀리 떨어진 큰 공원들을 찾아 나서기 시작했다. 늘 다녔던 방향을 틀어서 찾아가본 히카리가오카光が丘공원은 정말이지 마음에 쏙 들었다. 가는 길이 험해서 찾아가는 길이 즐겁진 않았지만, 입구에 들어서는 순간 큰 숨을 뱉어낼 정도로 안도감이 들었다. 잘 정돈된 공원 입구를 지나 안으로 깊숙이 들어가면 숲길이 나왔다. 서로 엉켜 있지만 결코 침범하지 않는 나뭇가지들이 기특했다.

마음에 드는 벤치에 앉아서 바람에 흔들리는 나뭇가지의 푸른 잎을 쳐다보았다. 나는 흔들리면 흔들리는 대로 하염없이 휘청이다 결국 낙엽이 되어 멀리멀리 밀려가는데, 공원의 나뭇잎들은 어떤 바람이 와도 흔들릴 뿐 단단히 붙어 있었다. 부럽다, 저 잎들이 그렇게 부러울 수 없었다.

하루는 나뭇잎만 보다 오고 하루는 하늘만 보다 오고, 또 어느 날은 꽃만 천천히 들여다보다 왔다. 풍경이 익숙해지니 그냥 쳐다보지 않고 그 안에서 사색을 하게 됐다. 같은 초록인데 어느 것 하나 똑같은 초록이 없구나, 사람도 다 비슷하지만 다른 빛깔로 어울려 사는 거겠지. 그렇게 말도 걸어주지 않는 자연에게 홀로 위로받는 나날을 보냈다.

둘째의 첫돌이 지날 무렵부터 총 3년을 뛰며 처음으로 일도 쉬면서 많은 시간을 나에게 주었다. 그 시간의 대부분 히카리가오카공원까지 자전거를 타고 가서 뱅글뱅글 이 길 저 길을 뛰어다녔다. 무릎이 아프면 며칠을 쉬어야 하니 절대 무리하지 않겠다며 속력을 높이지 않고 거북이만큼 느리게 뛰었다. 늘지 않는 실력에 좌절할 때면 매일 공원에서 마주치는 할아버지를 보며 용기를 얻었다.

'느려도 상관없어. 매일 뛰는 게 중요해. 나도 할아버지처럼 길게 가면 돼.'

도저히 뛰기 힘들다면 걸으면 된다. 그것조차 힘들어지

면 잔디밭에 누워 흔들리는 나무와 흘러가는 구름, '빛나는光 언덕丘의 공원' 빛을 천천히 음미하며 내 마음을 더 깊이깊이 들여다봤다. 뛰고 나서의 개운함과 피로감은 나를 구하는 데 쓰였다.

아이들은 기관에 맡겨놓고 왕복 두 시간을 들여 공원에 가고 그곳에서 네 시간씩 비생산적인 짓만 하다 오는 나를 두고 한심스러운 걱정 또는 충고를 많이들 했다. 그들의 '부럽다'에는 가시가 있었고, 덧붙이는 '팔자 좋네'에는 비아냥거리는 속내를 감추지 않았다. 나는 지금 누구보다도 치열한데… 내 안에서는 애쓰는 중이라 억울했지만 아무 말도 하지 않았다. 사람은 모두 다 자신만의 치열함이 있으니 공감받지 못한다고 해도 어쩔 수 없다. 삶에는 각자의 우선순위가 있지 않은가.

공원에 도착하면 온 힘을 다해 달리고, 그날 마음에 드는 자리에 앉았다. 그리고 생각하고 또 생각했다. 생각의 종류는 다양했다. 현재부터 과거, 미래까지 넘나드는 생각에 웃음이 나는 날도 있고 울음이 나는 날도 있었다. 외로워지는 날도 있고 감사한 날들도 있었다.

그 시간 동안 내 마음은 여러 갈래로 나눠져서 그 갈래를 잘 관리하고자 그때부터 클래식을 즐겨들었다. 좋아하던 노래에는 (당연하다면 당연하지만) 한두 가지 감정밖에 담기지 않아 마음이 소화되지 않았다. 하지만 클래식에는 희로애락이 전부 들어 있었다. 넘실대는 내 마음을 소리에 얹어 보내면 어느새 연주가 끝나 있었고, 그 끝은 언제나 공백이었다. 학창시절은 물론, 임신 때도 듣지 않던 클래식이 내 일상을 되찾는 이 여정에 알맞은 배경음악이 되어주었다.

나의 결핍이었던 외로움은 내가 나로써 해결해야지, 사람으로 채우려고 하면 더욱 외로워진다는 걸 이 시기에 어렴풋이 알았다. 그래서 기꺼이 혼자가 되어 나와 마주할 용기를 내지 않았을까.

어른이 되면서 책임은 많아졌고, 시간을 통으로 온전히 나를 위해 쓸 수 없어 더딜 뿐이지 항상 분주히 노력했다. 물건으로 채워보려고도 했고 사람으로 채워보려고도 해봤다. 물건은 딱 세 시간짜리 위로였고, 보통의 사람은 타인을 위로할 수 있을 만큼 성숙하지 못한 존재였다. 결국 내 불안의 원인은 내가 스스로를 들여다보며 찾아야 하는 숙제였다. 아직 자라지 못한 어린 내가 있다면 내가 위로해주고, 숨기고 있던 욕망이 있다면 내가 응원해주면 된다.

아이들에게 진심으로 웃어주는 엄마가 되고 싶었다. 남편에게 진심으로 사랑을 전하는 아내가 되고 싶었다. 내가 내 자신에게 당당하고 싶었다. 무엇보다 불안과 변명이라는 블록에 둘러싸인 못난 사람이 되고 싶지 않았다. 그러기 위해서 매일같이 자전거를 타고 달렸고, 뛰었고, 사색했다.

세상에 증명할 척도가 없는 나는 어리석게 살고 있는 걸까, 한창 생산적인 일을 해야 하는 시기에 아까운 시간을 흘려보낸 걸까 고민한 적도 있었다. 하지만 아니다. 나는 나를 중요시할 것을 먼저 택했을 뿐이다. 아이들을 키워내듯 내 안에 작은 나를 키워냈고, 원인을 잘 찾은 덕에 불안을 다스릴 수 있게 됐고, 무엇보다 모순된 나로 살아가지 않아도 되니 내 자신에게 당당해졌다.

아직도 모두가 나를 흔들기 시작하면 영락없이 휘청인다. 때로는 내 자신이 나를 흔들 때도 있다. 휘청이면 어떤가. 빛이 드는 공원의 나무들처럼 뿌리를 잘 내렸다면, 세상의 기준으로 미달이라고 쏟아지는 비교들 속에서 흔들릴 만큼 흔들리다 다시 내 삶을 찾을 수 있다.

# 의미 주고 행복 찾기

모든 것은 변하고 사라진다는 건 우리 모두가 아는 진실이다. 6학년이 되는 큰딸이 3학년이 되는 동생에게 '친하게 지내던 친구가 바뀔 테지만 걱정하지 말라'고 세상의 진리를 너에게만 알려주겠다는 듯 거만한 얼굴로 일러준다. 꼬맹이도 아는 거다. 불변이라는 건 없다는 걸. 누구도 가르쳐주지 않았지만 본능적으로 그 불편한 사실을 배우게된다.

어렸을 적에 나의 결핍은 누군가든 누군가의 마음이든 그것이 변색되었기 때문이라는 걸 일찍이 깨달았다. 사람은 바뀌는구나. 나는 친구들보다 조금 더 빨리 진리를 알았다고 자만했다. 변화를 납득하면서부터는 그럼 만물에 '의미'가 존재하긴 하는지 의구심이 들었다. 어차피 변하고 사라질 것들을 소중하게 지키는 건 환상에 취한 어리석은 짓이라고 속으로 되새기며 살았다.

'애써봐라, 다 변한다. 마음에 남았다는 말은 멋부리기용일 뿐 변한 건 흔적도 없이 사라지더라. 붙들고 울지 마라, 의미 없다.'

상처받은 사람에게 고작 이런 말을 위로라고 했다. 그렇게 우스운 세상에서 가장 우스운 자가 되어 열심히 살아가는 이들을 비웃었다.


'의미 없다'의 부작용은 자신을 수동적인 성향으로 만든다는 점이다. 무언가를 지키지도 않고 참지도 않으며 그저 변화를 지켜보기만 한다. 그러면 진작 그럴 줄 알고 있었고, 동요하지 않았다는 자랑도 덤으로 생긴다. 한 발짝만 스스로 움직이면 아주 작고 하찮아도 풍만한 행복이 사방에 있을 텐데, 그 한 발짝이 '의미 없다'의 갑옷 때문에 천근만근이 되었다. 그렇게 수동태 인간으로서 언젠가 나에게 '진짜' 기쁨과 행복이 오는 순서가 있을 거라며 번호표를 받아들고 불러주기만을 기다렸다.

다만 문제는 아무도 내 번호를 불러주지 않았다는 거다. 행복할 순서가 된 듯한데, 오지 않았다. 모두가 한아름 선물을 받아들고 기뻐할 때 나만 빈손이었다. 그들의 순서가 나보다 빠른 것일 뿐 늦더라도 내 순서는 올 거라 믿었다. 하지만 돌아오지 않는 순서에 화가 났고, 그 분함이 마음의 병으로 변하자 뜀박질이라도 해 내가 나를 변화시켰다. 변화를 납득한 나인데, 정작 나는 변하지 않고 그 자리에 그대로 상태로 있었다는 걸 뒤늦게 깨달았다.

솔직히 여전히 운명적이고 가변적인 삶에 진정한 의미는 없는 것 같다. 불공평함투성이인 세상 속에 가볍게 뱉어버리는 순간의 행복이 진짜 행복일까, 목적 있는 친절인데 그것에 가치를 부여해야 할까 고민한다.

삶에 무언가 중요한 사건 또는 분기점이 생길 때마다 빈 종이에 펜으로 콕콕 점을 찍어낸다면, 나는 그 어떤 점과도 연결되지 않도록 조심스럽게 점을 찍어왔다. 내게 노련하게 살아가는 삶의 태도란 진한 순간과 얕은 순간으로 농도 차이만 있을 뿐 결국 무엇과도 연결되지 않아 문제가 생겼을 때 수정액으로 스윽 지워버리는 방식이었다. 그 점을 길게 잡아당겨 선으로 이어내고 싶은 소망은 욕심이겠거니, 조금 당겨보다 결국 점에서 멈춰 선다. 쉽게 포기할 수 있었던 건 역시나 이 선조차 나중에는 의미가 없을 거라고 짐작했기 때문이다.

이렇게 살면 모든 게 가볍고 노련해져서 좋은데, 행복은 여전히 그리웠다. 추상적인 그 단어가 늘 주변을 맴돌았다. 준비되어 있지도 않고 순서도 돌아오지 않는, 존재하는지도 모르는 행복은 어디에서 만날 수 있을까.


오랜만에 연락하는 사람에게 안부를 물으니 그는 눈이 너무 보고 싶어서 '어쩔 수 없이' 홋카이도를 다녀왔다고 했다. 기다리는 이가 있을 리 없고, 가지 않으면 큰 손해를 볼 비즈니스가 있는 것 같진 않는데 "모든 일을 접어두고 서둘러 다녀왔다"는 표현에 웃음이 났다.

서울에도 눈이 내릴 테고 두 시간이면 강원도의 멋진 설경도 구경할 수 있는데, 비행기를 타고 일정을 뒤로 미루면서까지 떠나야만 했던 건 그곳이여야만 하는 이유가 있었을 테지. 이유란 결국 그가 스스로의 행복을 위해 붙인 의미일 것이다. 누가 정의 내린 의미가 아니라 자기 자신이 내린 의미. 언제 나타날지 모르는 행복을 기다리기보다 지금 당장 스스로 찾아 나서는 그는 역시 똑똑한 사람이다.

…저렇게 살고 싶다. 마치 눈은 꼭 삿포로에서 봐야 하는 그처럼, 나도 마냥 앉아서 순서를 기다리는 게 아니라 스스로 찾아 나서보고 싶어졌다. 그래서 일부러 여기저기에 의미를 주기로 했다. 아직은 이 '의미 주기'가 어떤 결과를 만들어낼지 모르겠다. 하지만 단절된 점으로 가득한 세상에서만 살다 변덕을 부려 선을 만들어내고 그렇게 사물과 현상, 장소와 인물을 연결하다보면 둥글기도 하고 길쭉하기도 한 어느 모형을 만들어내지 않을까? 외롭지만 않으면 어느 때든 행복할 수 있다고 믿는 나 역시 흉한 모형이나마 만들고 싶다.

3부

나는 도쿄의 천천히 고양이

# 각자의 몫

새로 지어진 어린이집은 시설이 깔끔하고 부지가 넓었다. 도쿄 한복판에 이렇게 넓은 마당이 있는 어린이집은 드물기에 자리에 모인 학부모들은 매우 만족스러워했다. 장난감부터 교구까지 대충 고른 물품이 없고, 가구까지 아이들에게 맞춤으로 준비된 곳에 아이 둘을 모두 맡길 수 있어서 안심했다. 교사진도 7년 이상의 베테랑으로 구성되어 있었다. 선생님들이 돌아가면서 자기소개를 해주셨는데, 남편과 나는 제일 인상이 좋은 저 선생님이 되었으면 좋겠다며 선택권이 없음에도 우리 마음대로 찜해두기도 했다.

일본에서 어린이집은 양쪽 부모가 모두 일할 때만 보낼

수 있기 때문에 어린이집에서 부모에게 어떤 도움도 바라지 않는다. 유치원처럼 도시락을 싸거나 행사가 자주 있지도 않다. 대신 정확히 '돌봄'의 역할만 했다. 일본도 시대가 변해 여성의 사회진출이 당연시되었기에 아이가 생겨서 커리어가 단절되는 일이 없도록 나라와 민간 기업이 계약해 어린이집 운영은 회사가 전담하고, 나라가 그걸 지원하는 새로운 형태의 보육 사업이 자리를 잡아가고 있었다.

'치열한 경쟁이 있었지만 무사히 낙찰받아 이렇게 새로운 형태의 어린이집을 만들 수 있었다'며 스스로를 본사 임원이라 소개했던 중년의 남성이 무척 자부심 강한 목소리로 어필했다. 새로운 형태인 만큼 단순 돌봄이 아니라 매일 프로그램을 바꿔가며 배움에도 신경쓸 거라고 그는 학부모들 앞에서 여러 계획들을 소개했다. 회사의 비전은 모르겠고, 그저 육아휴직이 끝나기 전에 넓은 새 건물의 어린이집에 들어가게 해주셔서 감사할 뿐이라며 엄마들은 여기저기에서 소근거렸다. 복직 전까지 어린이집이 결정되어야 하는 부모들 입장에서는 구청에 서류를 넣고 언제 내 차례가 올까 매일매일 조바심을 갖고 있었을 거다. 감사해하는 부모들 사이에서 나처럼 아직 태어난 지 3개월밖에 안

된 아기를 맡기는 사람은 없어 보였다.

현관에 들어서면 바로 사무실이 보이고, 그 왼쪽에 있는 방이 0세 영아반이라고 했다. 사무실과 마주보고 있으며 신발장 위로 길게 창문이 뚫린 방이었다. 일단 사무실에서 가장 가까워서 안심이 되었다. 그 옆방이 큰아이의 반이었는데 활동이 급격히 많아지는 1세부터 2세 방이라 가장 넓었다. 작은딸이 있을 영아반과 연결된 문이 있고, 화장실을 같이 쓰기 때문에 오며가며 둘이서 만날 수 있겠구나 홀로 상상했다. 각자 배정된 방에서 다 함께 인사하는 시간에 둘러보니 역시나 우리 아이가 제일 어린 듯했다.

"큰아이가 있어서 함께 일찍 입학하게 되었어요."

아무도 관심 없는 변명을 했다. 내 소개가 끝나고, 조금 늦게 들어와 내 뒤에 앉았던 아이 엄마가 자리에서 인사를 시작했다.

"안녕하세요. 2개월 된 켄토예요. 잘 부탁드려요!"

밝게 웃는 목소리가 뒤편으로 들려왔다. 부모가 모두 프리랜서 일러스트 작가라서 집에서 작업하기 때문에 일찍 아이를 맡기게 되었다고 소개했다. 나도 모르게 그녀에게 "저희 아이는 3개월 됐어요" 하고 말을 걸었다. 사실 생각해보면 그 반에서 제일 큰 아이가 6개월 된 아이였는데, 그 한두 달 차이로도 스스로가 죄인 같아 2개월의 켄토군이 동지 같았다.

아이들은 별 탈 없이 어린이집에 적응해갔다. 문제는 나였다. 한 살도 안 된 둘째를 선생님 손에 맡기고 일을 가는 게 미안하고 슬퍼서, 웃으면서 첫째를 교실에 넣어주고는 울면서 둘째를 교실에 들여보냈다. 걱정 말라고 선생님들께서 신경써서 말씀해주셔도 바로 떠나질 못하고, 사무실 맞은편 신발장 위를 올라타 창문으로 슬쩍 안을 들여다보며 우리 아기 잘 있나 한참을 살피다 나왔다. 어린이집을 나와 자전거로 전철역을 향해 달릴 때는 눈물도 흘렸다. 무슨 부귀영화를 누리겠다고 태어난 지 100일도 안 된 아이를 맡기는 걸까, 죄책감과 한심함이 뒤섞인 와중에도 일터에 지각하면 안 되니 페달을 열심히 밟으며 달려갔다.

몇 주를 그렇게 도둑처럼 몰래 훔쳐보던 어느 날, 누군가 뒤에서 내 등을 두들겼다. 원장 선생님이셨다. 일흔이 넘은 백발의 할머니 선생님은 설명회 날에 "대학 졸업하고 바로 일했으니 50년이 됐나, 안 됐나? 여기 부모님들이 태어나

기도 전부터 일하던 여성입니다~"라고 유쾌하게 자기소
개를 하셨던 분이다. 화들짝 놀라 나도 모르게 냅다 도망부
터 치려는데 원장 선생님이 나를 막으셨다. '선생님들을 믿
지 못하고 이런 행동을 하시는 건 실례입니다!!'라는 소리
를 듣게 되겠구나… 눈앞이 아찔해졌는데 의외의 말씀을
하셨다.

"너~무 기특하지 않아요? 우리 시호 짱은 아주 잘 자고
잘 먹고, 웃기도 얼마나 잘 웃는지요. 아! 안아서 재워주지
않아도 혼자서 잘 자요. 아주 드물죠. 똑똑한 아이 같아요.
첫째인 시현 짱은 또 어떻고요? 야무지고 밝아요. 선생님
도 잘 따라서 모두 예뻐하세요."

타박 대신 불안해하는 나를 안심시켜주는 말들에 감사
해서 인사말을 꺼내려던 순간이었다.

"그런데 엄마가 문제네요. 아이들은 각자 자신의 몫을
제대로 해내고 있는데, 엄마는 왜 그럴까요?"

아이들은 잘 지내고 있으니 엄마도 걱정 말고 다녀오라
는 격려가 이어질 거라는 나의 예상과 달리 진심으로 궁금
하다는 듯 호기심 가득한 눈빛을 보내는 원장 선생님에 말
문이 막히고 눈물도 쏙 들어갔다.

191

"우리는 세상에 나올 때 각자의 몫을 갖고 태어나요. 여러 형태의 가정이 있죠. 집에 있는 아이들이 있다면 이렇게 보육원에 와야 하는 아이들도 있어요. 장소는 중요하지 않아요. 지금 아이들은 쑥쑥 크는 게 일이에요. 잘 크려면 먹어야 하고, 자야 하고, 싸야 하고, 보호받아야 해요. 시호 짱은 매일 이곳에서 너무나 잘하고 있어요. 작은 아기도 최선을 다하는데 엄마도 엄마의 몫을 다하러 가세요!"

"…저 때문에 엄마와 떨어져서 너무 일찍부터 어린이집에 맡겨진 것 같아 미안하기도 하고 속상해요."

원장 선생님에게 진심을 말해버렸다.

여유가 있었다면, 체력이 좋았다면 아이 둘을 집에서 돌보며 좀더 내 손으로 보살핀 뒤에, 그다음에 교육이 필요한 나이에 보내도 늦지 않을 텐데. 어른의 사정으로 아이들이 너무 빨리 밖으로 내몰린 것 같아 매일 아침 죄책감에 발길이 떨어지지 않았다. 어떤 말을 해도 변명 같은 어리석은 상황을 만든 내가 죄인이었다.

백발의 선생님은 나를 빤히 쳐다보다 말을 이었다.

"시호 짱 엄마도 이제는 알겠지만, 아주 만족스러운 환경은 없어요. 부족한 환경도 있고 욕심이 더 커지는 환경도 있죠. 늘 최선을 선택했다고 스스로 믿어야 해요. 엄마가 최선이었다고 여겨야 아이들도 부모가 만들 수 있는 최선의 환경에서 살고 있다 믿거든요. 그 믿음이 아이들을 부족함 없이 크게 해줄 거예요.

우선 가장 밝은 얼굴로 바이바이 하고 헤어집시다. 절대 돌아보지 말아요! 아이가 울어도 엄마는 웃어요! 그래야 아이도 슬프지 않아요. 그리고 기쁜 마음으로 데리러 와줘요. 실제로 아이 만날 생각에 기쁘잖아요?

사실 나는 일이 힘들어서 내 육아생활이 별로 기쁘지 않았어요. 직장에서도 아이 돌보고 집에서도 아이 돌보고… 휴가 때도 아이를 돌봐야 했다구요!"

"그럼 매일이 잔업이셨네요?"

농담에 "맞네 맞네"라며 크게 웃으시고는 이제 늦겠다며 내 등을 떠미셨다. 그 손길이 마침 토닥임 같아 나도 모르게 힘찬 걸음걸이로 현관을 나섰다.


'자라는 게 일'이라는 아가는 엄마와 떨어졌다고 크는 걸 게을리하지 않고 매 순간 노력한다. 나는 내 감정에 취해서 해야 하는 일을 잊고 있었다. 웃으며 인사하고 기쁘게 맞이

하는 일. 각자 위치에서 제 몫을 잘 해내고 왔다며 남편과 아이들 그리고 스스로까지, 서로를 격려하고 응원해주는 일을 제대로 하지 않았다. 내가 데리고 있는 것만이 보호이며 타인의 손을 빌리는 건 아기를 외롭게 만든다고 스스로를 미워했다. 그런 나에게 원장 선생님의 말씀은 큰 깨달음을 주었다.

여러 형태의 가정이 있고 부모는 아이에게 최선의 선택을 하는 사람들이다. 나와 남편은 최선을 선택했다. 이것은 방치도 무책임도 아닌 우리가 할 수 있는 최선임을 믿어야 한다. 그 믿음이 우리 아이들을 마음도 몸도 건강한 아이들로 성장시킬 터였다.

그후로는 울음이 나도 참았다. 웃으면서 인사하고 어린이집을 나왔다. 골목으로 들어서면서 다시 눈물이 났지만 마음이 아프진 않았다. 오늘도 제 몫을 잘하고 있을 아이들, 나도 노동이라는 내 몫을 다 하고 다시 엄마 몫을 하러 기쁘게 데리러 오는 거다. 그러니 힘차게 인사하자.

"우리 힘내자, 이따 만나!"

# 날씨로 밀당하는 도쿄

　도쿄에 막 도착했을 무렵은 한창 장마철이라 하루종일 비가 내렸다. 그래도 공기가 깨끗한 도시에서 내리는 비는 나쁘지 않았다. 주택 앞 수풀과 꽃, 작지만 곳곳에 있는 공원의 나무들이 비를 맞으며 건강한 푸른빛과 향기를 뿜어냈다. 잠시 비가 멈추면 선명하게 채도가 올라가는 풍경 덕분에 눈이 시원해졌고 습기도 걷어가서, 비가 오면 오는 대로 그치면 그친 대로 좋은 날씨들이었다. 며칠 지나지 않아 일기예보에서 '이번 주는 쓰유아케梅雨明け'라는 문구가 반복적으로 나왔다. 장마가 끝났다는 소식이었다. 장마도 즐거웠으니 도쿄의 한여름도 기대되었다.

장마가 시작되기 전에 비하면 많이 나아졌다 해도 섬나라의 습기는 대단했다. 그 습기 속에 내리치는 햇빛을 맞으면 신호 대기로 서 있는 그 잠깐조차 덥다 못해 익어가는 기분이 든다. 이렇게 더운 날씨에 일본인들은 양산에 팔 토시를 하고, 심지어 카디건까지 입고 다닌다. 선크림은 수시로 덧바르느라 가방에 항상 들고 다녔다. 에어컨이 세게 틀어진 곳에서 걸치는 얇은 여름 카디건까지는 이해되지만 아무리 얇다고 해도 벗어도 벗어도 더운 야외에서 입는 긴 팔은 의아했다.

하지만 장마가 끝나자마자 물밀 듯 진열된 드러그스토어의 수많은 UV차단제를 무시하고 아무것도 걸치지 않은 채 햇빛과 정면 승부한다면… 이제 더위가 한풀 죽었나 싶은 어느 날 온몸에 야무지게 피어난 기미를 마주하게 될 것이다. 양산과 팔 토시, 브랜드마다 쏟아내는 선크림은 괜히 있는 물건들이 아니었다.

습하고 더우니 쉴 틈 없이 마셔대도 내 몸 안의 수분은 어디론가 증발해버려 가벼운 탈수가 생긴다. 낮부터 생맥주를 마시고 걸어다니며 캔 사와를 마시는 사람들은 알코올중독자가 아니다. 뭐든 계속 마셔줘야 버틸 수 있는 평범

한 도쿄인일 뿐이다. 이 계절에 구급차는 열사병 환자들을 싣고 옮기기 바쁘다. 역 앞에서는 쓰러진 사람들을 자주 볼 수 있고 이동인구가 많은 길거리 자판기의 우롱차는 늘 매진이다.

도쿄의 지독한 여름을 마주한 첫해에는 여기는 살 곳이 안 된다, 지금이라도 짐을 쌀까 고민할 정도였다. 그러다 그 무렵 동네의 큰 공원에서 열리는 불꽃축제를 보러갔다. 아직 한국에는 큰 불꽃축제가 없던 시절이라 커다란 스케일의 불꽃축제가 어떤 느낌일지 궁금했다. 장소는 뙤약볕이 무서워 얼씬도 안 했던 넓은 강변 공원이었다. 아르바이트가 끝나고 서둘러 간 공원에는 이미 유카타를 입은 사람들이 한가득 자리를 잡고 있었다. 인파가 어마어마해 공원에서 꽤 떨어진 곳에 겨우 자전거를 세워두고 한참을 헤매다 친구들이 있는 자리로 찾아갈 수 있었다.

낮 동안 달궈진 공원 바닥은 장판을 틀어놓은 양 뜨거웠고 일찌감치 와서 자리를 맡아두었다는 친구들은 이미 얼큰하게 취해 있었다. 다닥다닥 붙어 앉은 사람들과 한여름의 열기로 그곳은 마치 거대한 사우나 같았다. 불꽃놀이는 모르겠고 더워서 진이 다 빠질 지경이라 자리에 놓인 맥주를 벌컥벌컥 마셔버렸다. 땀을 한 바가지 흘리고 마시는 맥주는 술인지 물인지 아무 맛도 느껴지지 않았다. 그저 간간히 불어오는 강가 바람이 구세주였다.

공원에 모인 모든 인파가 더위와 술에 취해갈 때쯤 어둑해진 하늘로 엄청난 굉음을 내며 불꽃들이 퍼지기 시작했다. 그 크기가 굉장하고 터지는 위치도 높아서 모두가 공원에 드러누워버렸다. 머리 위, 과장을 조금 보태서 얼굴 위에서 거대하게 피어오르는 불꽃이 왜 불'꽃'인지 알 수 있었다. 한 시간 넘게 시원하게 쏘아올리는 화려한 불꽃들을 보자 메말라버릴 이 여름도 왠지 잘 지낼 수 있을 것만 같았다. 짐을 싸야겠다는 다짐은 불꽃과 함께 태워버리고, 펑펑 터지는 불꽃에 도파민도 터트리며 분위기와 술에 얼큰히 취해갔다. 귀가하는 길, 대규모 인파 속에 끼인 채 거북이만큼 천천히 전진해도 흥분한 사람들에게는 아무런 문제가 되지 않았다.

불꽃축제의 감동이 아득해질 시기가 되면 도쿄는 순식간에 가을을 맞이한다. 부지런히 이발해온 단정한 나무들이 노랗고 빨갛게 물들면 도쿄 사방이 황금빛으로 일렁인

다. 선선한 날씨는 따뜻한 커피 한 잔만 있다면 어느 곳이든 근사한 노천카페로 만들어버리니 도쿄의 가을은 매일이 아쉬운 날들이다.

본격적으로 겨울에 들어서면 섬나라 특유의 앙칼짐을 보여준다. 기온이 한국보다 높아서 별로 춥지 않다고 생각하겠지만, 물기를 머금은 낮은 온도의 칼바람은 뼛속까지 스며든다. 푸근하고 따뜻한 온돌에 익숙한 한국인인 나는 집에 들어가도 건조하고 추워서 못 살겠다며 다시 짐을 싸야 하나 고민했다. 더운 건 벗으면 된다지만 집에서도 코가 시리게 추운 건 어쩌란 말인가… 나는 떠날 거야 노래를 부르는 사이 눅진해진 바람이 세차게 불기 시작하면 어느새 또다시 봄이다.

수줍은 핑크빛을 내며 공원 한가득 건물 사이사이 피어 있는 벚꽃을 바라보면 1년을 잘 보냈구나, 새삼 내가 기특하게 생각됐다. 팝콘처럼 터지는 벚꽃들이 바람에 휘날린다. 낯선 타국에 와서 잘 지냈다고 나에게 주는 꽃다발 같다.

'무탈한 한 해를 보내게 해주셔서 감사합니다.'

어디선가 내 기도를 들을 신에게 인사했다.

짐 싸서 돌아가려다 다시 내려두고, 정말 이번엔 끝이야! 독하게 다짐했던 마음은 스르륵 녹아버린다. 사계절 내내 혼자서 나는 도쿄와 밀당한다. 내가 싫지 않으니, 너도 잡는 거지? 갈팡질팡하는 스스로가 무안하니 새침하게 굴어도, 아무도 듣는 이 없으니 안심하며 다시금 이 계절을 흠뻑 즐긴다.

# 나 홀로 밤마실

일주일에 한 번, 엄마는 자고 있는 나를 깨워서 새벽 6시가 되기도 전에 진호목욕탕으로 데려갔다. 새 목욕물이 받아진 아무도 없는 탕. 그날의 첫 손님은 늘 우리 모녀였다. 세신사 이모가 들어오기 전까지 탕 속에서 몸을 불리고 있으라고 말한 뒤 엄마는 내 몸이 푹 잠겼는지 확인하고는 사우나실로 향했다. 혼자 덩그러니 뜨거운 탕 속에 있으려니 따분해 몰래 나와서 엄마가 있는 사우나실 안을 들여다보면, 엄마는 빨리 다시 들어가라고 손짓으로 훠이훠이 나를 물렸다. 들어가는 흉내만 내고 발만 담그고 있으면, 엄마는 곧 땀을 흠뻑 흘려 온몸이 벌게진 채로 나와 찬물을 몇 바가지 들이붓고는 첨벙하며 찬물에 몸을 깊숙이 담갔다. 슬

쩍 손을 담가봤던 찬물은 엄청 차갑고 으슬으슬한데 엄마
는 아주 개운하다는 표정이었다.

한국에 있을 때는 답답하고 덥고 숨 막힌다고 생각해 스
스로는 잘 찾지 않았던 목욕탕이 도쿄에서는 제일 간절한
존재였다. 장마가 끝나고 시작된 한여름에 차갑고 으슬으
슬한 냉탕이 너무 그리웠다. 아침에 일어나 뜨거운 탕 속에
들어가 있는 건 여전히 고역이지만, 목욕을 마치고 나와 마
시던 음료수와 목욕탕 문을 열고 나왔을 때 혈관까지 시원
해지는 상쾌함이 그리웠다. 섬나라의 높은 습도와 따갑기
까지 한 뜨거운 햇볕으로 녹초가 된 가난한 유학생을 달래
주기에는 값싸고 흔한 목욕탕만 한 게 없었다.

전날 미리 준비해둔 목욕 바구니를 자전거 바구니에 넣
고 1,000엔짜리 지폐 한 장을 든 채 야심차게 아침 일찍 집
을 나섰다. 아르바이트를 마치고 돌아오는 길에 봐두었던
역 앞 골목의 목욕탕에 도전해볼 요량이었다. 하지만 웬걸,
목요일이 휴무라 당연히 토요일에는 영업하는 줄 알았더
니 문이 굳게 닫혀 있었다. 팻말을 살펴보니 영업시간은 오
후 3시부터 오전 12시까지. 새벽같이 문을 여는 목욕탕이

익숙한 한국인은 '여긴 왜 이렇게 늦게 여는 걸까, 특이한 곳이군' 하며 허무하게 발을 돌려야 했다.

우리나라는 매일 샤워를 하고 주기적으로 때를 밀기 위해 목욕을 하지만, 일본은 매일 반신욕을 하는 목욕문화를 갖고 있다. 그건 너무 번거롭고 피부에 무리가 가지 않나 생각했지만, 둘째의 피부 문제로 방문했던 피부과 선생님은 아이가 매일 반신욕을 하고 있는지 물으셨다. 날씨가 더워서 하지 않는다 했더니, 일본은 여름의 습기와 겨울의 건조 때문에 1년 내내 반신욕을 해주는 것이 피부를 지키는 방법이라고 일러주셨다. 끈적끈적해진 피부는 샤워만으로는 부족하다며, 땀을 빼서 노폐물과 함께 닦아내야 하니 15분 정도 매일 반신욕하고 꼼꼼히 보습제를 발라주라는 처방을 내리셨다. 그런 이유에선지 일본에는 월세가 아주 저렴한 공용주택 '코포라스コーポラス'가 아니고서는, 아무리 작은 집이라도 깊고 좁은 욕조가 마련되어 있다. 일본 주택을 짓던 지인도 욕조가 필요 없어 만들고 싶지 않다고 했더니 시공사에서 나중에 매도할 때를 생각해서 꼭 넣어야 한다는 조언을 들었다고 했다.

일본 목욕탕이 문을 늦게 여는 이유는 이 반신욕에 있었다. 아무래도 사람들은 낮에 각종 일정을 다 끝낸 뒤 밤에 반신욕을 하는 경우가 많으니, 대중목욕탕은 그에 맞춰 늦은 오후부터 늦은 밤까지 영업하는 거다.

집에 욕조가 없어 찾는 이도 있지만, 뜨거운 목욕물이 콸콸 쏟아지는 널찍한 목욕탕을 가야만 피로가 풀리는 나 같은 사람도 많다. 그래서 아이들이 침대로 들어가 잘 준비를 할 때 나는 혼자서 외출할 준비를 한다. 늦은 밤 10시쯤이 가장 적당하다. 졸린 아이들과 피곤한 남편은 따라나서지 않는, 내가 제일 좋아하는 목욕탕 밤마실이다.

목욕탕을 찾는 방법은 간단하다. 길게 위로 쭉 뻗은 굴뚝을 찾으면 된다. 지금은 중유와 가스로 목욕물을 데우지만, 1954년 전까지는 석탄과 장작으로 물의 온도를 높였기 때문에 배기가스 배출용으로 높은 굴뚝을 썼다고 한다. 그 동네의 아날로그 느낌이 가득한 목욕탕이 궁금하다면 굴뚝이 있는 오래된 곳을 찾아가보는 것도 재밌다.

목욕탕 안은 대부분 아주 밝다. 처음 일본 목욕탕에 와서 당황했던 것도 이 밝기였다. 요즘에는 리모델링하면서 어둡게 조도를 낮춘 곳도 많이 생겼지만 오래된 곳은 일반 실

내 공간처럼 밝아서 몸이 계속 움츠러든다. 그 와중에 천장은 아주 높아 벌거벗은 몸이 한층 작아지는 기분이 든다.

일본 목욕탕의 정화장치는 대부분 새 목욕물이 바닥에서 올라오는 구조라 수증기가 많이 발생해서, 실내 목욕탕의 창문들은 늘 반쯤 열려 있다. 겨울에는 조금 쌀쌀하다 싶지만 열탕에 몸을 푹 담그다 나오면 영하의 날씨라도 열려 있는 창문이 구세주다.

한국과 일본의 목욕탕 사용 순서는 제법 비슷하다. 사우나에 들어가기 전 샤워하고 우선 탕 속에 들어가 몸을 불린다. 본 운동에 들어가기 전 가벼운 스트레칭처럼 땀을 한번 흘려주는 셈이다. 그다음 샤워기로 가볍게 몸을 씻어내고 사우나로 들어간다.

대체로 사우나실을 이용하려면 100엔에서 200엔 사이의 추가 요금이 붙는다. 목욕탕은 선불이니 미리 카운터에서 사우나도 추가한다고 말하면 수건을 하나 더 준다. 일본에서는 온천탕에 들어갈 때 머리 위에 수건을 얹고 있어서 무슨 용도인가 했는데, 탕에서 나올 때 몸을 가리는 용도였다. 앞은 가리는데 뒤는 안 가린다. 미디어에서도 그렇고, 왜인지 일본은 엉덩이에 관대하다. 그렇게 머리에 올렸던 얇은 수건은 몸을 가리는 데 사용되었다가, 사우나실에서는 또다시 머리 위로 돌돌 말아 열기로부터 머리카락을 보호하는 데 쓰인다. 카운터에서 받은 추가 수건은 사우나실 바닥에 깔고 앉는 용도다.

사우나실은 유료다보니 자주 가다보면 매번 만나는 멤버들이 있다. 동네는 자리 텃세가 심해 초심자는 TV가 잘 보이는 곳에 앉기가 어렵다지만, 그러든가 말든가 모른 척 쓰윽 앉아버리면 되니 걱정할 것 없다. 가끔 사우나 토박이들의 텃세 때문에 사우나는 피하게 된다는 사람들도 있는데, 정해진 자리가 있는 것도 아니고 눈치는 주지만 막상 싸움은 걸지 않으니 당당해져도 괜찮다. 어느 나라 어느 곳이든, 오래되고 자주 오는 사람들의 이기심은 늘 있다. 그런 못난 마음에는 그저 웃으며 응대하는 것이 방법이다. 반면 TV가 없는 곳은 적막하다. 조금 지루하지만 적어도 자리 텃세는 없다. 장단점이 있다.

그렇게 땀을 뺐다가 찬물로 식히고 다시 땀 흘리기를 서너 번 반복하면, 슬슬 때를 밀러 나간다. 예전에는 때를 미는 것에 거부감을 느끼는 일본인들이 많았는데, 언제부턴가 한국인의 피부결이 좋은 건 때를 밀어서라는 풍문이 돌면서 구석 자리에서 혼자 무아지경으로 때를 밀고 있으면 슬쩍 말을 걸어오는 사람들도 있다.

이곳에서는 언제든 반쯤 열려 있는 창문 때문에 물기가 금방 건조해지니 헉헉거리며 서두르지 않으면 몸의 반밖에 밀지 못하는 불상사가 생기는데, 이 불편함을 해결해준 건 일본 수세미인 '타와시たわし'다. 마치 냄비용 수세미처럼 생긴 타와시는 설거지용 말고도 목욕용이 따로 있다. 거칠어 보이는 타와시로 몸을 닦는 일본인들을 보며 몸에 흥이 안 생기는 게 신기했다. 하루는 사우나에서 자주 마주쳤던 할머니 한 분이 나의 때수건에 관심을 가지시길래 그걸로 할머니 등을 밀어드렸다. 그러자 할머니는 타와시로 내 등을 닦아주셨는데, 그날부터 개운한 타와시에 홀딱 반했다. 각질이 눈에 보이지 않을 뿐 때수건과 효과는 같았다. 밀지 않고 비눗물을 살짝 묻혀 닦아내기만 하면 되니 힘도 덜 들고 피부가 반들반들했다. 그후로 길쭉한 것, 동그란 것, 막대기가 달린 것, 끈이 달린 것 등등 다양하게 구비해놓고 그때그때 마음에 드는 타와시를 목욕 바구니에 넣어간다. 수세미 형태의 타와시로 몸을 구석구석 닦다보면 가끔 냄비가 된 기분이 들기는 한다. 덕지덕지 붙은 기름때를

싸악 걷어낸 새로 태어난 반질거리는 냄비니 나쁠 건 없다.

목욕을 끝내고 나오면 보통 휴게실이 있다. 한국의 찜질방 같은 '건강랜드健康ランド'다. 반나절 이상 시간을 보낼 때, 먹고 마시고 쉬면서 휴식을 즐기는 곳이다. 동네 목욕탕의 휴게실은 건강랜드처럼 메뉴가 다양하거나 공간이 넓진 않지만, 시원한 생맥주에 짭짤한 한입거리 안주만으로 잠깐 한숨을 돌리기엔 충분하다. 술을 안 마시는 남편은 목욕탕에서 맛볼 수 있는 병 우유도 아주 맛있다고 했다.

목욕을 마치고 문 밖으로 나오면 밤공기가 온몸으로 훅 들어온다. 계절과 상관없이 붓기가 빠진 몸은 한결 가볍다. 한밤중의 주택가는 고요하고 깜깜하다. 듬성듬성 가로등 불빛 사이에 목욕탕 간판만이 환하게 켜져 있다. 엄마 따라갔던 진호목욕탕에서는 목욕을 끝내고 나오면 출근하는 사람들과 마주쳤는데, 내가 사는 곳에서는 막차 타고 귀가하는 사람들이 드문드문 보인다.

자전거 바구니에 목욕 바구니를 넣고 마르지 않은 머리를 뒤로 젖혀 탈탈 털어가며 달린다. 머리카락 사이사이로, 겨드랑이와 옷 속으로 들어오는 바람이 기분좋다. 개운해진 마음에 들떠, 저기 보이는 편의점에 들러 캔맥주를 하나 더 마실까 고민하다 그냥 지나간다. 집에 들어가면 모두가 잠들었을 테고 기다리다 잠든 남편이 켜둔 현관등이 환할 게 분명하다. 그 불빛 아래서 조용히 두유 한 잔 따라 마시고 폭신한 이불 속으로 빨리 들어가는 게 나을 테니, 서둘러 집으로 간다.

# 나도 엄마의 날

5월의 첫째주가 지나고 둘째주에 들어서면서 아이들은 분주해진다. 5월 둘째주 일요일에 '엄마의 날'이 있기 때문이다. 골든위크가 끝나고 휴가의 열기가 조금 식을 때쯤, 카네이션이 이곳저곳에서 보이기 시작한다. 하교해서 돌아온 둘째딸이 내 동태를 살피며 뒤에 무언가 숨기며 들어온다.

"뒤에 숨긴 건 뭐야?"

"주말 되면 알려줄게."

아이는 얼른 얼버무리고는 급히 자기 방으로 들어가버렸다. 큰딸은 잠자리에 들 시간이 지나도록 자지 않고 며칠을 꼼지락거렸다. 자라는 말에도 평소답지 않게 알았다고 건성으로 대답했다.

숨기고 싶은 것도, 늦은 밤이 되도록 무엇을 하는지도 대강은 알지만 알려고 들지 않는다. 세상 모두가 들떠 있는 이벤트에 나도 함께 들뜰 수 있다는 게 얼마나 신나는 일인가.

엄마의 날이 되면 매일 아침 학교도 아슬아슬 슬라이딩하듯 뛰어가는 아이들이 언제 일어났는지 침대맡에서 나를 물끄러미 내려다보고 있다. 그럼 모두의 기대에 부응하기 위해 자리에서 벌떡 일어나 아빠가 준비해둔 아침을 '맛있게' 먹어야 한다. 정말 내 입에 음식이 들어가 "맛있다"라는 말이 나올 때까지 세 부녀는 나만 뚫어져라 쳐다본다. 너무 감사하지만 일어난 지 1분밖에 되지 않아 목구멍으로 잘 넘어가진 않았다.

무언가를 쓰고 지우느라 바빠 보이던 큰딸은 아직 완성이 안 됐다며 선물은 저녁에 주겠다고 선언했다. 편지를 써둔 것 같은데 아마도 한 통을 더 주고 싶어진 모양이었다. 큰딸은 매해 새로운 방식의 편지를 시도하는데, 그 방식이 대체로 난해하다. 올해는 프라이팬에 채소가 올라가 있는 편지지를 만들어서 편지를 써주었다. 내용도 실험적이고 진보적이었다.

"화를 낼 때 제대로 화내는 그대는 자랑스러운 엄마."

화를 불같이 내는데, 그게 자랑스럽다는 말인가…? 무슨 말인지 고민하다 물어보니 혼낼 때 정확히 무엇이 잘못됐는지 꼭 집어 알려주는 점이 좋다는 말이란다. 큰딸다운 발상에 한참을 웃었다. 사춘기가 슬쩍 시작된 듯해 혼낼 때 소위 '찍소리도 못하게' 정확히 짚어주며 절대 만만하게 보이지 않겠다 결심했는데 혼자만의 기 싸움이었다. 찍소리를 낼 생각도 안 했건만 기승전결을 따져가며 혼내는 엄마가 내심 무서웠나보다. 언제나 긍정적으로 생각하는 아이답게 후하게 인심을 써서 잘 포장해주었다.

야무진 둘째딸은 며칠 전부터 미리 준비해두었단다. 역시 유비무환, 당일 진행이 매끄럽다. 식탁에 앉아 아침식사를 한입 먹고 나니, 초롱초롱한 눈빛과 달콤한 멘트를 날리며 준비한 편지와 선물을 건네줬다. 둘째딸의 편지는 클래식하다. 인터넷에 검색하면 나올 듯한 편지지와 문장들, 그리고 그 나이에 맞는 공예 선물이었다. 클래식은 영원하다고, 감동이 밀려온다.

문법과 어순이 맞지 않아도 내용은 다 알 수 있었다. 올해는 특히나 "부드러운 엄마. 그런 어머니의 날 축하합니다"라는 문구가 울컥하게 했다. 부드러운… 아마도 일본어 '優しい(야사시)'-상냥하다, 부드럽다, 순하다 등의 뜻이 있다-를 인터넷에서 직역한 듯싶다. 상냥한 엄마가 되는 것이 언제나 새해 목표였으나 연말이 되면 '이번 생은 무리군' 하며 반쯤 낙심하던 나. 그 문장 앞에 쓰인 '열심히 엄마'라는 표현만큼이나 무척 뿌듯했다.

엄마가 된 후에도 나는 온통 나라는 존재만으로 가득한 사람이었다. 자기 자신을 버리고 오직 아이에게만 집중하며 아이 중심으로 사는 엄마들을 보면서 스스로가 못내 부끄러웠다. 차가워진 바람에는 예민해지고 눈부시게 밝은 날에는 누워 있고 싶어하던 우울한 엄마였다. 유아기 시절에는 꽤 괜찮은 엄마 행세를 할 수 있었는데 초등학교에 들어가면서부터는 속일 수 없었다. 아이들이 내 본성을 다 파악했고, 내게 아량을 베풀고 있구나 싶었다. 또 눈치는 빨라서, 나는 우기지 말고 사과를 잘하는 엄마가 되기로 전술을 바꿨다.

나쁘지 않은 선택이었지만 대신 너무 자주 사과했다. 어느 날은 아이들을 혼내다가 내가 혼낼 자격이 있나 싶어 멈춘 적도 있다. 아이들은 무서운 엄마 목소리에 잔뜩 겁에 질려 있었지만 그 맑은 눈동자는 나를 꿰뚫어보는 듯했다. 순간 혼나던 아이들보다 내가 더 겁을 먹었다. 개인적인 육아관으로 아이들을 책임지고 보호해야 할 부모는 아무리 친밀해도 자식과 친구가 될 수 없다 생각하지만, 내 아이일지라도 한 인간이며 가족의 일원으로 존중해야 하므로 앞뒤가 맞지 않은 말로 혼냈다는 걸 깨달았을 땐 빨리 인정하고 사태를 수습해야 한다. 모양은 우스워지겠지만 언젠가 반드시 돌아올 과오는 짓지 않았다는 점에 안심한다. 말뿐인 양육은 아이들이 제일 정확하게 안다.

아이에게 꼼짝 못하는 부모들도 많다지만 아이들은 절대적인 '을'이다. 어른이 없으면 당장 의식주도 해결할 수 없고 곤란한 일이 생겼을 때 스스로 해낼 능력도 당연히 부족하다. 육아의 완결은 완전한 독립이라는 말처럼, 내 곁을 떠나 사회의 한 일원으로서 제 몫을 해내며 타인들과 잘 어울려 살아갈 수 있게 준비시키는 것이 우리 부부의 가장 큰 의무다. 그날이 오기까지 아이들은 어른의 도움 없이 살아갈 수 없다.

하지만 절대 '을'인 아이들은 아이러니하게도 동시에 절대 '강자'가 된다. 스스로 만들고 썼다고 가져온 종이접기, 문법도 철자도 맞지 않은 그 편지 한 장으로 마음을 마구마구 뒤흔들어버리니까. 그 감동이 정글 같은 사회에서 살아남겠다 버둥거리는 다 큰 어른을 순식간에 무방비 상태로 만들어버린다. 그런 점에서 아이는 부모를 꼼짝 못하게 만들기는 한다.

나는 이렇게나 턱없이 부족한 엄마인데 그런 나를 아이들은 매일같이 귀하게 대해준다. 나의 존재 자체를 축복해준다. 너희 덕분에 나는 이미 매일이 엄마의 날인데, 특별히 바라는 게 없는데, 아이들은 매년 엄마의 날이 되면 어떤 이벤트로 웃게 해줄까 고민한다. 가족들이 잠든 고요한 밤에 아이들이 준비해준 편지와 그림을 책상 벽에 붙여두고 가만히 바라본다. 나에게 한없이 내어주기만 하는 아이들의 마음. 그 순수한 마음이, 오늘까지는 별로인 나였지만 내일부터는 더 건강한 마음과 정신의 엄마가 되어 살겠다는 희망을 준다.

# 지구에서 가장 특별한 모녀

여섯 형제의 맏이로 태어난 엄마는 사실상 외동이다. 유별나게 큰딸을 예뻐하셨던 할아버지는 내가 볼 때 '엄마 그리고 기타 등등'으로 자식을 키우셨다. 그걸 아는 엄마는 형제들 사이에서 무법자였다. 둘째 이모는 환갑에 가까우신데도 엄마가 신경질 낸다고 할머니 침대에서 이불을 뒤집어쓰고 겁내하는 걸 보면 어릴 적 얼마나 무시무시한 언니였는지 알 것 같다.

그런 엄마의 딸인 나는 가끔 헷갈린다. 나는 분명 친구가 아니고 딸인데, 말하지 않아도 되는 수많은 개인사를 너무 자세히 말한다. 지금이야 나도 아줌마가 됐으니 능청스러운 말로 맞장구치거나 놀리기도 하지만 어릴 적에는 어떤 반응을 보여야 할지 곤란스러웠다. 가장 곤란한 건 내가 서운하게 했다며 딸인 내게 '절교편지'를 쓸 때였다. 지금은 공포의 장문 문자로 변한 그 절교편지의 가장 효과적인 대응법은 무시였다. 그럼 절교를 선포해놓고 결국 언제나 먼저 연락하는 건 엄마였다.

엄마는 할아버지를 많이 닮아 약을 잘 챙겨먹고 병원도 자주 방문한다. 덕분에 병이 생겨도 초기에 발견하고, 혼자서 입원도 잘 하고 치료도 잘 받는 등 자신을 잘 돌본다. 일찍이 무릎 수술을 했을 적에 못 가봐서 미안하다고 했더니, 남자친구 세 명이 돌아가며 간병하는데 너까지 왔으면 '네 아빠는 누구냐'고 물었을 거라고, 그러면 남자가 더 있다는 사실에 병실이 혼란스러웠을 테니 네가 안 온 게 차라리 다행이라고 말했다. 세 명이나 네 명이나… 거기서 거기인 것 같은데, 한 명이라도 줄이고 싶었나보다.


감성적이고 섬세한 엄마는 유머도 있다. 가끔 촌철살인 같은 기막힌 말을 할 때도 있어 살면서 위기의 순간, 엄마의 말을 번뜩 떠올릴 때가 종종 있다. 뛰어난 공감능력에 비해 자기중심적인 면이 많아 사람을 헷갈리게 하고, 언변이 좋아 이기적인 말조차 타당하다는 착각을 느끼게 한다. 그래서일까, 엄마의 '남사친'들은 무엇이든 해줄 수 있어서 기쁘다는 요상한 말을 자주 한다. 당신이 원하는 걸 정확하게 손에 쥐어주지 않으면 뭘 해준들 딱히 고마워하지 않는구만… 그리들 해주려고 난리다. 맨날 받기만 하다 어쩌다 하나 해주고 평생 예쁨받은 성철이 아저씨가 제일 눈치가 빠른 사람이었다. 가끔가다 주는 그 하나가 딱 원하던 그것일 때가 많았으니까.

그렇게 21세기 할리우드 스타일로 사는 엄마는 모순적이게도 내가 19세기 명화처럼 살길 바란다. 좋은 남편과 사이좋게 사는 게 가장 큰 효도라며, 평범하게 가정을 이루고 사는 내 모습을 좋아한다. 공부도 하고 싶었고, 직장도 다니면서 혼자서 맘껏 여행하고 연애도 하면서 자유롭게 살고 싶었다고 말하면 '배부른 소리' 한마디로 일축한다. "난 네 남편이라면 떠받들고 살 거야"라지만 나는 안다. 말 안 하고 가만히 있어 내게 '가마니'라고 놀림받는 남편과 엄마가 살았다면 둘 중 하나는 진즉에 서로를 떠나거나 세상을 떠났을 거다. 엄마는 아직도 본인을 모르는 것 같다.

내 엄마라서 원망받는 엄마. 동네 친한 언니였다면 인생의 스승님으로 모셨을 텐데, 엄마라는 자리가 어색하고 부담스러워 어찌할 줄 몰라 가여우면 용돈 주고 예쁜 옷 사주고 이곳저곳 구경시켜주는 것으로 사랑을 표현했던 엄마. 부모보단 여자이고 싶었던 엄마는 나를 포기할 수도 없고 놓을 수도 없어서 끌어안고만 있었다. 가끔은 눈 마주쳐주고 등 토닥여주고, 끌어안은 품에서 잠시 놓아주고는 주변에서 뛰어다니는 나를 지켜봐줬으면 좋았을걸, 그저 끌어안고 있기만 했다. 그 품안에서 내가 곪아가고 있다는 걸 모른 채 꼭 붙잡고 있기만 했다. 매일같이 악을 쓰며 싸우던 10대 때 "나도 최선을 다했다"는 엄마 말에 뭐가 최선이었냐고 억울한 건 나라고 되받아쳤었다. 사랑하지만 버거운 자식을 끝까지 놓지 않고 살았다는 것을 말한 걸까, 이제 와 어렴풋이 생각한다.

하고 싶은 대로 마음대로 사는 것처럼 보여도 뭐 하나 마음대로 되는 게 없었던 엄마, 갖고 싶고 먹고 싶은 것도 많고, 해주고 싶은 것도 많은 엄마. 계절마다 사골을 끓이던 엄마는 아이 낳으러 가는 전날 밤 12시에 자는 나를 깨워서 동지니까 팥죽 먹으라고 한 사발을 손에 쥐어줬다. 부처님

다음으로 사위가 제일이라는 엄마에게 남편은 감동했지만 마음이 언제 뒤집어질지 모르는 돛단배 같은 사람이다.

"나는 모든 게 20년 느려. 넌 20년 빠르고. 그러니 네가 날 더 이해해."

딸에게 진심을 다해 이렇게 말하는 엄마, 너한테는 이미 망했지만 손녀들한테는 명랑하고 온화하며 돈 많은 할머니로 이미지 관리할 거라며 아이들에게 최선을 다하는 엄마. 세상에서 제일 무서운 건 나였는데, 더 무서운 두 녀석이 생겼다고 말하는 엄마. 술 먹고 울다가도 "시현이가 들어"라 말하면 뚝 그치는, 그 모습이 귀여워서 웃음이 나는 엄마.

이러니저러니 해도 나는 엄마가 너무 좋다. 제일 재밌고 제일 웃기다. 오랫동안 엄마를 미워한다고 생각했다. 엄마를 떠올리면 복잡한 마음이 드는 까닭은 나를 외롭게 만든 엄마 탓이라고 원망했다. 멀리 떨어져 사는 게 우리 모녀에게 알맞고 적당한 거리가 우리를 더욱 가깝게 만들어주는 방법이라고 여겼다.

친구 엄마들과 너무 다른 엄마를 이해하기 위해 부모가 아닌 인간으로 바라보려고 노력한 게 무려 고등학생 때다.

아무래도 그 나이에는 다 이해되지 않아 저렇게는 안 살 거야, 건방도 떨었다. 하지만 나이가 들수록 엄마와 똑 닮은 나를 만난다. 그래서 그랬구나, 이해가 되는 순간이 불현듯 있다. 정착하지 못하는 마음에 휩쓸리다 끝나버린 중년의 엄마가 때로는 가엾다.

내 마음은 아이들이 나를 사랑해줄 때마다 깨닫는다. 당신이 너무 좋아서, 더 나를 봐주라고 사랑해주고 다정해달라 더욱더 바라는 마음. 엄마의 행복에 내가 있었으면 하는 마음. 작은 미소로 다정히 이름 불러주면 세상을 얻은 듯 환히 웃는 아이들을 보면서 내가 바라던 것도 원망이 아니라 이런 거였다 알게 된다.

언젠가 엄마가 "네가 나를 많이 좋아하는 거 알아"라고 말했다. 당신은 원하는 것을 손에 꼭 쥐어주길 바라면서, 알면서도 왜 나에게는 쥐어주지 않았는지 궁금했다. 아마도 어떻게 사랑을 줘야 할지 몰라 사랑 대신 3만 원을 손에 쥐어주는 걸로 표현했던 걸 이제는 안다. 엄마는 나름대로 표현하며 살았는데 알아주지 않는 내가 오히려 야속하진 않았을까….

지나간 시간을 되돌릴 순 없고, 그랬다면 어땠을까 고민

해도 바뀌는 것은 없다. 이제라도 돌고 돌아 같은 시선으로 마주하고 바라보는 우리다. 모녀로 만난 지 40년이 되어가는데 '지금부터'가 중요한 엄마와 나는, 그래서 이 지구에서 가장 특별한 모녀다.

# 보따리장수들

도쿄에서 가방 속에 머리를 박고 물건을 찾는 사람은 늘 나뿐이었다. 가방 전체를 흔들어보면 어디선가 소리가 들리는데, 막상 손을 깊게 넣고 휘저어가며 찾아봐도 물건이 안 나온다. 작은 열쇠도 우아하게 찾아 꺼내는 일본 친구들은 나를 보며 뭐 하냐고 물어본다. 대답은 뒤로하고 손끝에 딱 느낌이 오면 가방 밑바닥을 아예 들어올려 모든 물건을 위로 쭈욱 올라오게 한 뒤 한참 찾았던 물건을 건져낸다. 내 가방에서 물건 하나 찾는데 땀이 한 바가지다.

큰 가방 안에 작은 가방, 그 안에 더 작은 가방을 넣고 다니는 일본인들에게 물건이 흐트러지지 않게 칸막이로 공간이 잘 나누어져 있는 가방은 어느 잡화점에서든 인기상

품이다. 길거리에서 홍보용으로 나눠주는 티슈의 광고 면을 가릴 수 있는 예쁜 티슈 가방까지 있는 나라다. 가방 안이 훤히 보이는 건 흉하다고 여기기 때문에 지퍼가 없는 가방은 물건이 보이지 않게 손수건이나 겉옷으로 위를 덮어둔다. 일본문화는 무엇이든 노골적으로 드러내는 걸 미학적으로 좋지 않다고 여기는 건지, 무엇이든 덮어놓거나 가린다.

열쇠가 가방 안에서 굴러가든 말든 신경도 쓰지 않던 내가 파우치에 눈을 뜬 건 아이를 낳으면서부터다. 어른의 물건보다 반 이상 작은 아기 물건을 큰 가방 안에 다 넣어버리면 보물찾기를 넘어선 숨은그림찾기가 된다. 일본 친구들을 보따리장수냐고 비웃던 나는 어느새 아이 물건을 담을 여러 종류의 파우치를 탐색하고 있었다.

육아용품점에는 어른용 파우치와 디자인도 크기도 조금씩 달라 사용하기 편하게 만들어진 파우치들이 있었다. 젖병, 이유식, 잡동사니, 장난감, 위생용품 등 그 용도에 맞게 여러 개를 구매했다. 결국 내 가방 안은 파우치 안에 파우치, 그 안에 더 작은 파우치들로 가득해졌다. 대량음식 소분하듯 용품을 종류별로 넣어놓으니 물건 찾기가 굉장히 편해졌다. 모두들 보따리장수가 되는 이유를 알 것 같았다.

　문제는 남편에게 물건을 꺼내달라고 부탁할 때였다. 어느 것 하나 똑같은 꽃무늬가 없는데 진분홍과 형광분홍을 구분 못하는 남편은 면봉 하나 꺼내달라는 부탁에 모든 주머니들을 열어봐야 했다. 라벨링이 필요하겠군 싶어 찾아보니, 온 세상 물건에 이름표를 붙이는 일본인들답게 정말 다양한 라벨지를 만들어내고 있었다. 얇은 스타킹에도 표기가 가능하고, 물에 젖고 식기세척기를 돌려도 그대로 유지되는 라벨지까지 있었다. 하긴, 비닐우산에도 이름을 정성스럽게 표기하는 사람들이니 오죽할까 싶었다.

　어린 시절 새 학기가 시작되면 모든 책과 연필에 이름을 썼던 기억이 있다. 유성매직으로 지워지지 않게 하나하나 꼼꼼히 적으며 새 학기를 준비하던 그날처럼, 아이들이 어린이집 새 학기를 맞이할 때도 설레는 마음으로 새 파우치를 사서 갈아입을 옷, 기저귀 등을 나누어 넣어주고 라벨링도 끝냈다. 가방에는 열 접착 패치를 꾹꾹 붙여서 그 위에 이름을 적어주었다. 어린이 속옷과 옷에는 아예 라벨 옆에 이름 쓰는 곳이 붙어 있어, 크고 정확하게만 적어주면 똑같은 옷을 입고 온 친구들이 있어도 바로 주인을 찾을 수 있다.

귀찮다 싶었지만 어린이집 준비물은 매일 쓰는 물건과 가끔 쓰는 물건, 젖은 물건 또는 마른 물건 등 사소한 분류가 필요해 이렇게 해두면 짐을 챙겨 보내고 챙겨 올 때 확실히 편리했다. 재고 관리하듯 선생님들과 필요한 물건으로 소통하기도 수월했고, 작은 물건 하나도 다른 친구에게 잘못 갔을 때 바로 연락이 왔으니 이 모든 것은 광적으로 라벨링한 덕분이었다.

작은 공간을 알뜰살뜰히 살아가는 재주가 있는 일본인들은 가방도 마치 집 꾸미듯 벽을 가른 뒤 비슷한 물건을 한곳에 잘 모아두었다 필요할 때 '도라에몽'처럼 쏙쏙 빼어 쓴다. 별걸 다 갖고 다니네 싶은 물건들도 어느 날 적재적소로 쓰이는 걸 보면, 결국 위대한 보따리장수들의 정리정돈 실력에 감탄하고 만다. 실용적인 물건을 좋아하고 한번 사면 잘 버리지 않고 오래 쓰는 그들의 습관이 잘 라벨링된 파우치와 만나 빛을 발하는 순간이다.

# 나의 어린 스승

큰딸은 초등학교에 입학하면서 복싱을 다니기 시작했다. 내 몸이 많이 힘들 때라서 놀아주기가 어려웠는데, 그렇다고 에너지 넘치는 아이에게 가만히 있으라고 할 수 없어 고민하다 복싱을 보냈다. 다행히 적성에 잘 맞는 모양이었다.

세 살이 된 둘째를 어린이집에서 조금 빨리 하원시키고 함께 큰딸을 센터에 데려다준 뒤 수업이 끝나면 다시 데리고 오는 루틴을 한동안 이어갔다. 학교와 센터가 그렇게 멀지 않은 거리고, 둘째를 데리고 왔다갔다하기가 번거로운 것도 사실이라 두세 달쯤 지났을 때 아이에게 슬쩍 혼자 갈 수 있겠는지를 물었다. 곧장 갈 수 있다는 씩씩한 대답이 돌아왔지만, 막상 혼자 가야 하는 날이 오니 역시 무리란다. 핸드폰도 있고 길도 같이 외워서 괜찮을 텐데 왜 그러냐는 말에 입을 꾹 닫았다.

"시현이 혼자서 가는 게 무서울 수 있어. 그런데 네가 정말 복싱이 하고 싶다면 그 무서움을 이겨내서 가보는 거야. 그만큼 재밌으니까. 정말 하고 싶다면 두렵고 불안한 과정을 거쳐서라도 하거든. 만약 오늘 못 간다면 넌 그만큼 복싱을 좋아하는 게 아닌 거지."

설득한답시고 일곱 살짜리 어린아이에게 이런 궤변을 늘어놓았다. 이 말을 할 때도 내가 살짝 한심스러웠는데, 활자로 다시 쓰니 더 한심스럽다. 나름대로 이유는 있었다. 슬슬 심부름이나 등교를 혼자 해보는 연습이 필요한데, 이때 바로 데려다주면 자신감을 잃어 이후로도 혼자 다니지 못할까 걱정이 되었다. 혼자 어딘가에 도착하는 성취감을 가르쳐야 한다는 나의 강박적인 우려가 이 작은 아이를 코너로 몰았다.

아이는 잠시 고민하더니 그럼 한번 가보겠다며, 결연하게 거북이 등껍질 같은 가방을 메고 자기 몸집만 한 자전거에 올라탔다. 조금 달리다가 뒤돌아본다. 미안한 마음에 손을 힘껏 흔들어주었다. 조금 더 가서 한번 더 뒤를 돌아본다. 그러곤 멀어졌다.

두 번을 뒤돌아본 뒤 멀어지는 시현이의 뒷모습을 보면서 얼굴이 벌게졌다. 나는 무엇을 극복했고 원하는 걸 얻기 위해 무슨 노력을 했지? 무엇을 해냈다고 저 아이에게 당당하게 주장했는지 모르겠다. 대학에 가서 공부하고 싶다고 늘 말했으면서 결국 난 아무것도 노력하지 않았다. 그 이유는 타당했다. 생활이 넉넉하지 않고 어린아이가 둘 있는 중년에 가까워졌는데, 졸업 후 취업이 될지 안 될지도 모르는 전공을 공부하는 데 큰돈을 쓰며 육아를 소홀히 하면 정말 철이 없는 선택이다. 아내고 엄마니까 꿈보다 현실을 더 충실히 살겠다는 선택은 주변으로부터 큰 응원을 받았다. 이유를 대자면 만 개쯤 댈 수 있다. 그래서 아무것도 하지 않았다. 마치 스스로보다 가족을 우선순위에 둔 훌륭한 엄마인 양.

20분 뒤에 아이한테서 전화가 왔다. 한 번 길을 잃었지만 순경 아저씨께 여쭤보고 잘 찾아왔다는 말을 한껏 상기된 목소리로 쏟아냈다. 두려움을 이겨내고 해냈다는 성취

감이었을까, 이제 괜찮다는 안도감이었을까? 기특한 아이를 한껏 칭찬해주고, 올 때도 조심히 잘 오라는 인사와 함께 통화는 끊어졌다. 네가 나보다 어른이구나… 한차례 더 숙연해졌다.

그날 밤 남편에게 유학시험을 봐야겠다고 말했다. 몇 년 내내 돈은 자신이 어떻게든 해볼 테니 대학에 진학하라던 남편 말에 우리 생계와 현실에 대해 자존심이 상할 정도로 냉혹하게 말해왔던 내가 갑자기 시험을 보겠다고 하니 놀란 듯했다. 바람이 부는 늦은 오후, 혼자서 복싱하러 가는 시현이의 뒷모습에 많이 부끄러웠다고 말하니 무슨 말인 줄은 모르겠지만 잘 생각했다며 순수하게 기뻐했다.

나보다 아량이 넓은 아이는 분명 내가 실패해도 괜찮다며, 도전에 의미가 있다며 토닥여주겠지만 해보지도 않고 훈수만 둔다면 "그래서? 엄마는 도전해봤어?"라고 물을 영특한 아이다. 조건과 환경으로 적절한 이유를 만들어내며 어쩔 수 없다는 핑계에 능한 내가 도전과 과정을 말하는 건 정말 모순이다. 내가 지금 그런 태도로 살고 있다고 시현이가 가르쳐줬다.

부모는 자식의 거울이라는데 나라는 거울은 삐뚤다. 아이들에게 어떻게 해줄까만 고민했지, 어떻게 비칠까를 별로 고민하지 않았다. 타인에게는 잘 보이고 싶으면서 정작 가족은 신경쓰지 않았다. 나에게 제일 관대하지만 나를 제일 잘 아는 작은 아이들은 비뚤어진 내 태도를 조금이라도 고치며 살 수 있게 도와주는 가장 큰 스승이다. 아이들을 키우면서 어른들이 가슴 한편에 고이 새겨야 하는 말. '너나 잘하세요'!

# 다신 보지 말아요

악!!! 분명히 그대로 있는 걸 몇 분 전에 확인했는데 어디로 간 거지? 이 시간엔 안 오는데, 소리도 들리지 않았는데! 언제 없어진 거지? 가까이 두고 자주 지켜보면 괜찮을 줄 알았는데 잠깐 사이에 없어져버렸다… 나의 자전거!

도쿄 도심에서 자전거 주차는 사실상 전쟁이다. 전철역 근처에는 대부분 자전거 주차장이 마련되어 있다. 종류는 공영과 사설 두 가지. 공영 주차장은 처음 두 시간이 무료고 세 시간부터 종일요금제를 적용해 매우 저렴한 반면, 사설 주차장은 시간당 요금이 올라가기 때문에 여차하면 전철 요금보다 더 많은 비용이 나오고 만다. 다만 공영은 이른 아침이면 만차가 되고, 비싸서 사람들이 기피하는 사설마저 오전 중에는 만차가 되어버리니 전철역까지 자전거를 타고 나갔는데 자리가 없어 세우지 못하면 난감해진다.

시간이 있을 때야 빈자리가 날 때까지 주차장 앞에서 기다려보지만 시간이 없거나 물건만 사서 금방 나와도 될 때는 인도와 골목 사이에 잠깐씩 세워두고 다녀온다. 하지만 원칙상 주차장에 세워두지 않은 모든 자전거는 트럭에 실려간다. 귀신같이 불법주차된 자전거를 태워가는 그 트럭이 지나간 곳에는 팻말이 놓여져 있다. 보통 몇 날 몇 시에 실려갔는지와 함께 찾으러 올 자전거보관소의 지도와 주소가 쓰여 있다. 바로 가서 찾아와도 되지만 기다린다면 일주일쯤 지나 번호 등록시 기입된 집주소로 엽서가 날아온다. 일종의 벌금 딱지다.

자리가 나기를 기다리다가는 약속 시간에 늦겠으니 가게 앞 도로에 세워두고, 테라스 자리에서 자주 들여다보면 설마 실려갈까 싶었는데… 자전거가 감쪽같이 사라져 있었다. 자주 뒤돌아보면서 자전거의 안위를 살폈건만 아마도 흥분해서 수다에 온 집중을 뺏겼던 그때, 내 자전거가

맥없이 실려갔나보다. 물론 불법주차를 했으니 억울할 건 없지만, 벌금으로 5,000엔을 내야 하니 괜히 허공에 대고 킥을 날린다. 되찾으러 갈 자전거보관소가 집 바로 뒤편에 있으니 그나마 다행인가.

그래도 일단은 희망을 갖고 남편에게 메시지를 보냈다.

"혹시 집 근처 가게에 둔 내 자전거 타고 갔어?"

곧장 답이 왔다. 제발…!

"없어졌니?"

아, 지난번처럼 골탕 먹인다고 몰래 타고 갔기를 빌었건만 아니었다. 내 자신에게 벌을 줘야겠다. 이번 해에만 두 번째다. 아니지, 실려가는 현장을 목격해 직원분들께 제발 한 번만 봐달라고 사정사정해서 트럭에 반쯤 몸을 걸친 자전거를 되돌려 받은 날을 포함하면 세번째인가. 교통 딱지 한번 끊어본 적 없는 남편에게 면이 안 선다. 엽서가 날아올 때까지 자전거를 찾으러 가지 않고 걸어 다니겠다고 남편에게 나의 반성을 보였다. 말릴 줄 알았던 남편도 그렇게 하란다… 안 그런 척해도 역시 짜증났었나?

3일 만에 포기했다. 자전거가 없는 삶은 너무 괴로웠다. 러닝도 산책도 매일 다니는데 이쯤이야, 생각했던 건 나의 착각이었다. 난 하루종일 가야 하는 곳도 해야 하는 일도 많았다. 물론 내 기억력 탓이다. 왜 물건을 한 번에 못 사오는지…. 마늘을 사왔는데 레몬이 없어서 다시 갔다, 결국 애들이 사다두라던 쿠키도 빼먹었다. 밥 차려놓고 서둘러 가야 하는 저녁미사는 성당까지 거의 뛰다시피 갔다. 사이사이 구청도 가야 하고, 학교도 가야 하고… 자전거가 너무나도 그리웠다.

"마음 넓은 나의 사랑하는 자기야… 자전거 찾아오면 안 될까? 자기네 자기가 너무 힘들어 ㅠㅠ 푸잉."

자체반성의 시간을 갖겠다고 말한 지 3일 만에 포기하는 모습이 머쓱해서 되도 않는 애교를 부리며 부탁했다. 그의 성격상 언제든 그러라고 하겠지만 이렇게라도 해야 죄책감이 덜어질 듯해 누가 볼까 구석에서 몰래 써서 보냈다. 그래도 '푸잉'이라니… 대체 어느 나라 말인가.

사실 답장이 오기 전부터 보관소 앞에 서 있었다. 열쇠를 꺼내며 자전거 찾으러 왔다고, 실려간 날짜를 말했다. 보관소 직원은 보관소 내 어디에 자전거가 있는지 봤냐고 물었고, 곧바로 저기 저 파란 핸드폰 거치대가 있는 게 내 자전거라며 아저씨와 함께 그 앞으로 걸어갔다.

"자물쇠 열어보세요."

직원의 말이 끝나기도 전에 열었다. 그는 자전거를 입구까지 가져다놓을 테니 사무실에서 벌금을 내고 오라고 이어서 안내해주었다. 사무실 창문 옆에는 보관소 직원에게 큰소리로 폭력적인 언행을 할 시 경찰을 부르겠다는 경고장이 크게 붙어 있었다. 5,000엔이 아까워서 화풀이하는 사람들이 많았나보다.

그런데 또, 이놈의 기억력. 벌금을 내고 마지막 절차를 진행하려고 보니 신분증을 깜박했다. 집이 코앞이라고 해도 이 더운 날 다시 갔다 와야 하니 스스로에게 신경질이 났다. 괜히 어깨를 좁히고 최대한 낮은 자세로, 아주 조심스러운 목소리로 간절한 눈빛을 보내며 직원에게 말을 걸었다.

"신분증이 없으면 못 찾아갈까요?"

"뭐, 열쇠로 확인했으니깐 이번만 봐줄게요. 다음부터는 잘 챙겨서 와요."

"다음은 없어요! 또 실려올 순 없어요!!"

큰소리로 흥분해서 말하는 내 목소리에 놀란 아저씨는 나를 빤히 보시더니 웃으며 말했다.

"또 볼걸?"

아뇨 아뇨, 정말 다음은 없어요. '푸잉'까지 했는데, 또 그럴 순 없어요. 진짜 다신 보지 말아요!

# 개인의 취향

　일주일에 한 번 노숙자들에게 도시락이나 빵을 나눠주는 봉사를 나가고 있다. 배급시간이 되기 한참 전부터 사람들은 흰 바탕에 파란색 포인트가 들어간 건물의 오른쪽으로 길게 줄을 서서 문이 열리기를 기다린다. 매번 찾아오는 낯익은 얼굴들이 보이기도 하고 '이곳에 오기엔 너무 깔끔한데' 싶은 사람들도 있다. 문이 열리면서 크게 인사를 하면 한 명씩 줄 지어서 안으로 들어온다.

　준비된 음식을 하나씩 나눠주다보면 "난 이거 싫어해, 안 먹어" "오늘은 이거밖에 없어? 저번에 그거 맛있던데" 등등 투정을 부리는 사람들이 있다.

　"배고픈 와중에도 입맛대로 골라먹으려고 하네."

함께 봉사 갔던 언니가 작게 귓속말로 속삭였다. 없는 사람들이니 주는 대로 먹을 거라고 생각한 듯하다. 그 말이 어딘지 따끔해 반응을 시원찮게 보였더니, 굳이 다른 봉사자들에게 가서 일본어로 또 수군거린다. 그러자 봉사하신 지 오래된 한 중년분이 그녀를 빤히 쳐다보며 한마디 던졌다.

"이들에게도 취향은 있으니깐요."

다양한 취향이 존재하는 일본에는 확실히 특이한 사람들이 많다. 젊은 여자 옷을 입고 다니는 아저씨, 한여름에도 파카를 입는 사람, 이제는 한국에서도 유명한 '갸루'까지. 그렇다보니, 데이트 앱에는 각자 취향대로 만날 수 있게 카테고리가 엄청 세분화되어 있단다. 그리고 그들에게 '왜 저러지' 하고 눈을 흘기는 사람이 거의 없다는 점도 일본의 대단한 면이다.

직장에 '오타쿠'가 있다고 해도 업무에 방해되지 않는다면 아무 신경도 쓰지 않는다. 퇴근 후에 그가 메이드카페를 찾거나 코스프레 복장으로 거리를 활보한다 해도 특이한 사람 정도로 생각할 뿐 별다른 관심을 두지 않는다.

좀더 사적인 결혼이나 출산에 대해서도 딱히 훈수를 두지 않는다. 남자가 남자와 사귀고 있다고 해도, 누가 유부남과 불륜중이라 해도 그런가보다 할 뿐 큰 화젯거리가 되지 않는다.

"남의 일이라서 신경 안 쓰나봐요?"

"누구나 취향이 다른걸요."

'취향이 다르다', 이 말 한마디로 전부 정리한다. 개중에는 윤리적으로 옳지 않으니 단순 취향으로 볼 일인가 싶기도 하지만, 고기반찬 좋아하는 사람이 채소반찬 좋아하는 사람을 걱정하지 않듯 삶의 방향성을 타인이 나서서 재단하지 않는다. 서로 한 발짝씩 거리를 두고 취향대로 개성대로 살아가는 곳이다.

한 배우가 중년의 코미디언과 결혼을 발표하며 "그의 개그가 내 취향이었다. 그와 함께 있으면 언제나 즐겁다"고 말했다. 수많은 잘생긴 배우들과 염문설이 돌던 그녀가 마지막으로 선택한 배우자의 조건은 개그 취향인 셈이다. 평소에 남을 공격하지 않는 그의 유순한 개그 장면들을 두고 두 여성 패널들이 말했다.

"저런 분과 함께 이야기를 나누면 편안하고 행복한 기분이 들 것 같아요."

"아아, 그렇네요."

평소에는 유머라는 포장 아래 제법 독한 멘트들이 날아오는 프로그램인데, 통상적인 미의 기준으로 봤을 때 못생긴 편에 속한 그 코미디언과 아름다운 인기 배우의 결혼 소식에 대해 불편한 코멘트가 단 한마디도 나오지 않았다. 그저 그 배우의 '내 취향'이라는 말에 초점을 잡고, 그 코미디언에게 어떤 매력이 있었는지 보여주는 방식이었다. (물론 '그녀가 그를 선택했다'는 구도의 방송이었으니 미묘한 충격 소식으로 다룬 것은 맞는 듯했지만.)

'남의 일에 쓸 에너지가 없으니깐 그러든지 말든지' 식의 무관심과는 조금 다르다. 공감하진 못해도 취향이라고 하니 좋아하는 이유가 있으리라 존중하는 마음이 깔려 있다.

자주 남편 혹은 자식에 대해 하소연하는 일본 엄마들에게 물어본 적이 있다.

"그렇게 답답한데 왜 그대로 내버려둬?"

가만히 있는 게 이해 안 된다는 듯 물으면 항상 한결같은 대답이 돌아온다.

"내 취향이 그런 걸 어떡해!"

그 대답을 들으면 다 같이 웃을 수밖에 없다. 진짜 좋아하는 것을 위해 어떤 시선이든 판단을 기꺼이 감수하는 것, 그 감수를 존중하는 것, 타인은 강요할 수 없는 진정한 나의 선택을 따르는 것까지가 그들에게는 '취향'의 영역이다.

# 흔들려도 괜찮아

온 나라가 대이동하는 골든위크에 지인으로부터 아이들과 함께 별장으로 놀러오라는 초대를 받았다. 휴가철에 어디든 가고 싶은데, 몇 달 전부터 검색을 열심히 해도 빈방은 없고, 있으면 너무 비싸서 결정을 못 하고 있던 찰나에 다 같이 오라는 초대가 얼마나 반가웠는지. 민폐가 아닐까 하는 고민도 없이 가겠다고 곧바로 고개를 끄덕였다.

별장은 후지산이 가까이 보이는 야마나시山梨현의 고즈넉한 마을에 위치해 있었다. 별장을 가진 사람이 많진 않지만, 틈만 나면 지방으로 내려가는 사람은 많다. 일본인들이 지닌 특유의 순수함은 그들이 늘 자연을 원하고 또 가까이

하는 습성 때문일 거다. 도시생활에 지친 사람들이 귀촌, 귀농하는 영화 드라마 콘텐츠가 괜히 많은 게 아니다. 시민들은 손바닥만 한 집이라도 현관 앞에 작은 꽃밭과 나무를 가꾸고 조경에 많은 노력을 기울인다. 나라에서도 노력을 게을리하지 않는다. 통행에 위험하지 않다면 도로 옆 나무가 아무리 거대해도 베지 않는다. 국도를 달리다보면 여기를 조금만 정리해도 풍경이 잘 보일 텐데 아깝다는 생각이 드는 장소가 꽤 있다. 하지만 이곳은 도로에서 사람이 볼 풍경보다 시간을 들여야 울창해질 나무들을 더욱 소중히 여긴다.

　도쿄를 벗어나 산맥이 보이기 시작하면 가나카와神奈川현에 다다른다. 사람이 가져다 심고 다듬은 듯 깔끔하게 우거진 산이 멋지다. 눈이 맑아지는 기분에 한참을 보다보면 고속도로가 오른쪽으로 크게 커브를 그리는데 그때, 후지산이 떡하니 눈앞에 나타난다. 그럼 거기서부터 야마나시현이다.

　그렇게 후지산이 보였다 가려졌다를 몇 번 반복하면 일순 아이들이 '우와' 하고 흥분한 소리를 내는 구간이 있다. 위치가 생뚱맞다 싶지만 사람들이 많이 찾는 놀이공원 '후지큐'의 롤러코스터가 등장하는 곳이다. 멋들어진 자연 풍광에 호들갑 떠는 내게 심드렁하게 대답하던 아이들이 반대로 저기 좀 보라며 호들갑을 떠는 이 후지큐는 우리의 목적지인 후지오시노富士忍野 초입에 있다. 키가 몇 센티 돼야지 탈 수 있냐며 키가 작은 엄마도 탈 수 있으면 나도 지금 탈 수 있지 않냐는 의미 없는 고민을 들어주다보면 자동차는 이미 마을에 진입해 있다.

장도 보고 화장실도 들를 겸 슈퍼마켓 주차장에 차를 세운 뒤 내려서 뒤를 돌아보면 엄청난 포스의 후지산이 웅장함을 드러내고 있다. 이번에는 어른들이 '우와우와' 하며 여기저기서 요란한 카메라 셔터 소리를 낸다. 후지산은 눈이 6월까지도 녹지 않고 9월에는 첫눈이 내린다. 즉 한여름을 제외하면 늘 하얀 수염을 길게 늘어트리고 있어, 해가 떠 있는 동안에는 눈이 부실 정도로 쨍한 빛을 뿜어내고 해가 지면서부터는 저녁노을을 삼킨 듯 흰 눈에 빨간 노을이 묻어 오묘한 신비를 뿜어낸다. 과학문명을 사는 그 누구라도 직접 본다면 옛날 일본인들이 후지산을 신성시했던 까닭을 납득할 만한 풍경이다.

차 문을 열고 나오는 순간 깨끗한 공기가 훅 들어왔다.

서울 공기가 싫어서 빨리 태백으로 돌아가고 싶다던 아빠의 말이 아픔으로부터 도망치려는 핑계라고 생각했는데, 가끔 도쿄를 떠나서 맑은 공기를 맡을 때마다 정말 별다른 뜻 없는 단순한 불평이었구나 싶어 아빠 말에 가슴 아파하던 어린 날의 내가 머쓱해진다.

캠핑으로 자주 왔던 곳이지만 늘 캠핑장에만 머물고 마을을 관광한 적이 없었는데 이 조그만 마을이 제법 유명한 관광지이긴 한지, 휴일이라고 몰려온 수많은 인파를 보니 새삼 놀라웠다. 최근에는 엔화가 싸서 외국인도 많이 보였다. 후지산 하나를 보기 위해 모여든 사람들이었다.

별장에서 즐거운 시간을 보낸 뒤 넘쳐나는 사람들을 피해 도쿄로 돌아가기 전, 작은 목장에 들렀다 가자는 제안에 마지막 일정을 그곳으로 정했다.

자세히 봐야 인식이 가능한 작은 간판이 무심하게 툭 걸쳐져 있고 그 간판 뒤, 좁은 오솔길로 들어가면 뻥 뚫린 산속 목장이 나왔다. 주차장에 차를 세우고 주변을 둘러보니 깊은 숲속에 들어온 기분이 들었다. 오두막에 매점 하나만 갖추고 있어서, 마치 휴게소 같은 목장이었다.

동물은 양과 말밖에 없고, 지천에 깔린 풀을 뜯어 동물들에게 먹이로 주는 것 외엔 딱히 할 것도 볼 것도 없는 그 목장에서 우리는 몇 시간 동안 먼 산을 바라보며 시간을 보냈다. 모래알 몇 개만 있어도 하루종일 놀 수 있는 게 아이들이라면, 도심 빌딩숲에 익숙해진 어른들은 자연이 눈앞에 펼쳐져 있으면 시간 가는 줄도 모르고 그 속에 빠져 있는다. 생각은 점점 줄어들고 나도 모르게 '아, 좋다'라는 말이 튀어나온다. 자연은 그저 그곳에 존재했을 뿐인데 나는 이 풍경이 마치 나를 위해 있어준 것만 같아 고맙기까지 했다.

바람이 세차게 불어 순간 숲속에서 파도가 일렁였다. 나뭇잎이 흔들리다 못해 나무 전체가 흔들리고 있었다. 처음에는 나뭇가지가 격하게 흔들리나 싶었지만 자세히 보니 기둥까지 통째로 흔들리는 거였다. 큰 나무도 온몸이 바람에 흔들리는구나. 저렇게 커지기까지 오랜 시간이 걸렸을텐데, 나무는 저렇게 흔들리면서도 제 할일을 했구나. 그럼 바람에 흔들리는 건 큰 문제가 아닌 거네, 흔들려도 되는구나.

휘청거리지 않은 날이 1년에 몇 번 있을까? 내가 날 흔든 날, 누군가 나를 흔든 날, 모두 매일을 흔들리며 살고 있다.

휘청이면 나약하고 흔들리면 어리석다며, 단단하고 곧게 살기 위해 스스로 딱딱한 바위가 되고자 했다. 바위가 되어야만 잘 살고 있다고 착각했다. 저 나무들처럼 흔들면 흔들린 채로, 다시 제자리로 돌아올 수 있도록 바람을 전부 유연하게 받아들여야 나뭇가지가 부러지지 않을 텐데 뭘 그리 힘을 주고 살았을까. 나는 아직 저 나무들의 반에 반도 살지 않아놓고 말이다.

굳건한 후지산과 부드럽게 요동치는 숲을 원없이 보고 도쿄로 돌아오는 길. 몸속 가득 채워온 푸르름으로 또다시 도시를 느긋하게 살아갈 시간이었다.

# 실패한 삶일 수도 있겠지만

　우리에게도 언제나 우선순위는 있었다. 우리 부부는 아이들이 어릴 때 아빠와 함께 시간을 보내는 게 우선이라고 생각했다. 그 덕분에 지금 사춘기에 접어든 아이와도 무난한 관계를 유지하고 있다고 생각하지만, 주변으로부터 '젊은 시절 몸값을 올려가며 이직했어야 했고 돈도 벌어놨어야 했다'고 철없는 부부 취급을 받기도 한다.

　집도 급하지 않았다. 저성장이라 해도 일본의 물가는 안정적이고 부동산이 급격히 오른 것도 최근의 이야기다. 일본에서 주택은 구입한 날이 가장 비싼 날이라는 말을 있을 정도로 내 집 마련을 이룬 순간부터 감가상각으로 가격이 떨어진다. 대출도 연봉의 일곱 배 정도는 기본으로 나오니 수준에 맞는 적당한 집을 알아보고 대출을 신청하면 저금리로 예산의 90프로 이상을 채울 수 있다. 지금도 주택값이 30프로 이상 올랐다고 하지만 오래되어도 잘 관리된 튼튼한 중고주택이 많기 때문에 큰 조바심은 없다.

정작 우리는 괜찮은데, 아직도 월세를 살고 집도 한 채 없는 것이 남들 눈에는 어리석게 보이나보다. 차 없이 네 식구가 자전거로 다니고 있으면, 아이들 생각해서라도 차는 사야 한다고 말한다. 우리가 필요해서 고민한 적은 있어도 차가 없어서 아이들 고생시킨다는 생각은 해본 적이 없다. 대중교통도 잘 되어 있고 도심 한복판에 살고 있어 이동이 어렵지 않다. 적게 소유하는 것을 부모의 자격과 연관 지어 말하는 사람들을 볼 때마다 놀랍다.


아이들은 여전히 친구들과 하루종일 동네 공원에서 숨바꼭질하며 뛰어논다. 동네마다 곳곳에 공원과 도서관, 구민회관이 있고 초등학교는 방과 후 운동장과 체육관을 개방해 주기 때문에 아이들이 안전하게 놀 곳은 많다. 오후 5시가 넘으면 구민회관과 학교는 문을 닫고, 30분이 더 지나면 구에서 귀가할 시간이라는 안내방송을 내보낸다. 겨울엔 오후 5시 반, 여름엔 오후 6시쯤 되면 모여 놀던 아이들은 모두 집으로 돌아가니, 아이가 어두운 저녁에 동네를 홀로 돌아다닐 일이 거의 없다.

맞벌이가정을 위해 어린이집은 오후 8시 혹은 더 늦게 (야간 어린이집)까지 운영되고, 초등학생들을 돌봐주는 '학동클럽'은 오후 7시까지 운영된다. 정규직이었던 사람도 파트타임으로 계약을 바꾸어 근무시간을 조절하면 되니, 일하는 여성이 육아하는 데 큰 어려움은 없다. 월급이 적어지긴 하지만 불가능하지는 않다.

일본 워킹맘들은 온전히 가정에서 아이들을 보육하는 엄마들을 부러워하고, 전업주부인 엄마들은 적은 돈이라도 사회생활하면서 자신의 가치를 사회에서 찾고 싶다고 워킹맘들을 부러워한다. 중요한 것은 어느 쪽도 선택이 가능하다는 점이다. 그래서 나도 선택했었다. 생활비를 보태고 싶어서 일했고, 아이들이 집에 들어올 때 엄마가 있었으면 좋겠다는 말에 전업주부로 살기도 했다. 하지만 어느 쪽을 선택해도 "네가 그럴 때냐"는 소리를 들었다. 그들 눈에 나의 선택은 사치였다. 나는 효율을 따져야 할 때 중요한게 뭔지도 모르는 사람이 됐었다.

적성에 맞지 않는 일을 하는 남편이 안쓰럽다고 말하면, 가장이 밖에 나가서 돈 많이 벌어다주는 게 중요하지 적성을 따지는 건 배부른 소리라고 했다. 본인의 능력과 무관하게 그저 운이 따르지 않았던 남편은 성과가 없다는 이유로 그의 성실과 근면은 무시된 채 그저 실패한 사람이 되어 있었다. 종종 집안에 돈을 턱턱 내놓지 못할 때나 경조사를 넉넉히 챙기지 못할 때, 그것도 없냐고 한심해하는 소리를 들으며 의무를 다하지 못했다는 죄책감으로 씁쓸해지기도 했다.

안정적인 물가와 잘 만들어진 복지로 큰돈 없이도 사람답게 살 수 있다. 비단 일본에서만의 특혜가 아니다. 한국과도 크게 다르지 않은 사회 인프라 덕분에 악착같이 살지 않아도 되었다. 뒤에서는 무슨 말들을 하는지 몰라도, 일본 사회에서는 서정적 가치와 순수한 마음이 무엇보다 중요하다고 외친다. 하다못해 '호스트바 넘버원'이라는 사람이 TV에 나와서 가치와 진정성에 대해 일장연설을 한다. 사람을 상품화시켜 돈으로 환산하는 그 세계 사람조차 가장 중요한 건 '가치'라고 말하는데, 한국 미디어를 보다보면 사회적으로 저명한 사람들부터 인연도 효율을 따져서 맺어야 한다고 주창한다. 인터넷 댓글들에서는 결혼하고 아이를 키우는 것은 물론, 연인이 사랑하는 것에도 계산기를 두들기라 말한다. 연애와 육아는 절대적으로 마이너스 장사다. 그럼에도 우리가 계속 사랑하고 아이 손을 놓지 않는 것은, 손해를 보더라도 그 안에서 더 큰 기쁨과 즐거움을 느끼기 위해서다. 내줘야 하는 게 많다면 차라리 혼자가 되라는 말을 하다니, 이해하지 못할 말이 떠다니는 세상이다.

　성공의 기준이 무엇인지 함부로 정의하지 못하겠지만, 세간에서는 그 기준이 돈일 때가 많다. 높은 연봉을 받으면 성공한 사람이고, 전문직에 종사하면 존경받는 사람이며, 재력을 갖춘 부모는 훌륭한 사람들이다. 그렇다면 경제적으로 미달인 우리는 그들 눈엔 잘못 살고 있는 사람일 테다.

　'사람과 사람 사이에 사랑이 제일 중요하다'는 말이 전혀 와닿지 않다며 사랑도 가진 것이 있어야 지킬 수 있다는 누군가의 말에 철렁했다. 삶에서 의미를 찾지 못하고 사랑에 굶주리던 나는 아무리 풍족하게 쥐고 있다 한들 목마른 사람처럼 늘 허덕였다. 나보다 많이 배우고 경험했을 사람이 그 사실을 잊은 채 그저 돈으로 위아래를 정하고 있는 모습을 보면 애잔하게 느껴진다.

남편과 나의 우선순위에는 여전히 '돈'이 없다. 예산이 충분하길 원하고 지금도 어떻게 하면 더 벌 수 있을까를 고민하지만, 우리가 추구하는 삶 앞에 돈을 두진 않는다. 그래서 정신 차려보면 늘 돈은 우리 순위에서 많이 밀려나 있기도 한다. 가난을 벗어나려면 돈이 안 되는 무형한 것들을 뒤로 보내라 하지만, 아이를 키울 수 있고 내 부모에게 자식 노릇만 할 수 있으면 되지 않은가.

가족과 시간을 보내는 것, 경제적이지 않지만 상대방이 원하는 걸 들어주는 것, 의미를 찾고 그것을 해내는 것, 수입보다는 적성에 맞는 회사에서 열정을 태우며 고생도 마다하지 않는 것. 우리는 가치가 존재하는 것들로 삶을 이루며 살았고, 앞으로도 그렇게 살고 싶다.

# 늙지 않는 낭만

동네 할머니들은 이른 오전부터 종종걸음으로 강아지 산책을 시킨다. 그렇게 공원에 삼삼오오 모여들면 당신들만큼이나 노약해진 반려견의 건강을 서로 걱정한다. 아이들과 산책을 나왔을 적에 가만히 옆에서 대화를 엿들었다. 평균 연령이 75세 정도 되시려나, 일본은 법적으로 60세가 넘으면 반려견을 새로 들일 수 없어 더이상 입양하진 못하시겠지만 그 규정이 없더라도 당신들이 언제 떠날지 모르는데 새로운 생명을 얻는 건 무책임한 일이라는 대화를 나누고 계셨다. 지금 키우는 반려견이 먼저 갈지, 내가 먼저 갈지 아무도 모른다며 반려견들의 관절을 걱정하는 이야기로 한참 동안 공원에 앉아 이야기꽃을 피우셨다.

코로나19 이후로 사람끼리 가까이 붙는 것을 서로 조심하게 되어 지금은 멀찌감치 계시지만, 아이들이 어릴 적에 산책을 나가면 할머니들은 주머니에서 사탕과 과자들을 꺼내 고사리손에 쥐어주셨다. 웬 간식을 이렇게 주시냐 했더니 호탕하게 답하셨다.

"짧은 거리라도 중간에 당이 떨어지면 우린 죽어. 길거리에서 사람들이 그 꼴을 보면 얼마나 놀라겠어? 민폐지."

어느 포인트에서 웃어야 할지 모를 강렬한 개그에 당황하는데 딸들은 할머니께 받은 간식을 양손 가득 쥐고 하나 먹어도 되냐고 묻는다.

"그래도 다 주시면 안 되죠, 몇 개는 다시 넣으셔요."

돌려드리려니 주고 싶어서 넉넉히 가지고 나왔으니 걱정 말라고 손을 내저으신다. 중간에 당이 떨어지시면 어떡하지… 부디 댁에 들어가시기 전까지 아무 일도 없어야 할 텐데… 진심인지 농담인지 모를 이야기가 신경쓰여 괜한 걱정이 든다.


그렇게 오며가며 친해진 아키라 씨는 최근 할아버지가 돌아가신 뒤 모든 재산을 털어서 구옥을 헐고, 그 땅에 작은 원룸 빌딩을 지으셨다. 금리가 낮은 일본에서는 모두가 대출을 받아 건물을 올리는데, 할머니는 연세가 많으셔서 자식이 연대대출을 받아줘야 했다. 하지만 자식이 없는 아키라 씨는 현금으로 건물을 올렸다. 작은 빌딩이라지만 대체 얼마가 있어야 가능할까 싶어 내심 놀라웠다.

그 빌딩의 맨 위층이 아키라 씨 댁이다. 오르락내리락하는 게 귀찮아서 1층에서 살고 싶었지만 시공사측에서 나중을 생각해 꼭대기층을 권했다고 한다. 이거 팔 때쯤엔 죽을 때가 다 돼서 병원 신세일 텐데 무슨 상관인가 싶었지만, 젊은 사람 말이 맞겠지 싶어서 그렇게 하셨단다. 그러자 주택 살 적에는 잘 안 보이던 하늘이 이제는 창문만 열면 훤히 보여 역시 젊은 사람 말 듣길 잘했다고 몇 번씩 말씀하셨다.

아키라 씨가 말씀하시는 '젊은 사람들'에는 영광스럽게도 나도 있다.

"어딜 다녀오는 거야?"

어느 날은 내게 슬쩍 물어보셨다. 베란다에서 내려다보면 매일 같은 시간에 나가는 내가 궁금하셨나보다. "요짱!" 하고 부르면 돌아보는 데 한참, 걸어오는 데 한참이라는 노견뿐인 집에서 베란다 너머 아는 얼굴이 지나다니는 모습이 내심 반가우셨던 게 아닐까.

"그러고 보니 건물주가 되셨는데 축하주를 안 들었네요. 내일 아침에 저랑 같이 나가요."

여쭈어보면서도 거절하지 않으실까 걱정했는데 아키라 씨는 어디 가는지 묻지도 않고 "몇 시?"라고만 확인하셨다.

"아침 8시 30분이요. 요 짱은 데려오지 마세요!"

다음 날 아키라 씨는 스타벅스 첫 데뷔를 성공적으로 마치셨다. 신문물을 빨리 받아들인 일본은 어르신들도 서양문화에 익숙하다. 맥도날드 모닝세트와 커피숍의 나폴리탄스파게티는 놀랍게도 어르신들에게 청춘시절 추억의 음식이다. 빵을 식사 대신 드시는 분들도 많고, 차 문화가 발달한 만큼 커피도 익숙하게 드신다. 우리 아이들에게 주실 과자를 사러 전철역과 연결된 백화점에 자주 다니셨다길래 한 번쯤은 와보셨으리라 짐작했는데 아키라 씨는 자동문의 버튼을 누르면서 내게 말하셨다.

"나 여기 처음 와봐."

"그래요? 우선 잠시만 줄 서 계세요. 자리 맡고 올게요. 메뉴 정하시고요!"

신난 얼굴의 아키라 씨는 분명 "젊은 사람들 마시는 걸로 할래"라 말하실 테지만 점원이 가져다준 메뉴를 꼼꼼히 읽으며 어깨를 들썩이셨다. 고민 끝에 우리는 '오늘의 커피'를 마셨다. 이 메뉴는 영수증을 지참하면 할인된 가격으로 한 잔을 더 마실 수 있어서, 아침에 나와서 마신 뒤에 돌아갈 때 남편 몫으로 한 잔을 저렴하게 테이크아웃해서 간다고 알려드리니 "그거 좋네~" 하며 영수증 하단의 작게 쓰인 글귀를 한참 읽으셨다.

　　할아버지는 말씀이 적고 가부장적인 분이라 결혼생활이 그다지 재밌지는 않았지만, 둘이어서 좋았다고 하셨다. 노력했으나 아이는 생기지 않았고, 평생 생활비를 받아 써서 이렇게 유산이 많은 줄 몰랐단다. 정리하려고 내놓은 집이 막상 팔리고 이곳을 떠난다 생각하니 슬퍼져서, 무슨 바람이 들었는지 있는 돈을 다 쏟아서 건물을 올렸다고 하셨다.

　　높은 곳은 평생 살아본 적이 없어서 처음엔 무섭고 싫었지만, 매일 아침 베란다로 하늘을 볼 때면 할아버지가 살아계실 때 진작 이렇게 할걸 혼자만 좋은 구경한다며 말끝을 흐리셨다.

　　요 짱은 어느 날 할아버지가 입양해온 강아지였다. 아마도 당신이 먼저 떠날 줄 아셨던 것 같다고 덧붙이셨다. 큰아이 돌잡이 무렵에도 요 짱은 아키라 씨 곁에 있었으니, 열 살은 넘었을 노견이다. 지금은 한 달에 10만 엔씩 병원비가 든다고 한다. 아침에 당신 약 드시면서 노견 약도 챙겨줘야 한다는 말씀이 웃기고 서글퍼서 둘이서 한참 웃었다.

다음 날 두부 한 모 사서 돌아와 집 앞에 자전거를 세우는데 아키라 씨가 나를 불렀다.

"우리 어제 갔던 곳 이름이 뭐였지?"

어르신 모두가 어딘지 알지만 아무도 간판 이름을 모르는, 늘 사람 많고 장사 잘되는 '그곳'을 다녀온 아키라 씨는 어르신들 사이에서 부러움의 대상이 되어 있었다. 몇 번 알려드려도 제대로 발음이 안 되는 '그곳'에 다 같이 한번 가자고 하신다. 영수증 보여주면 두 잔째는 아주 저렴하다 했지, 그럼 비싸지도 않다고 젊은 사람인 나도 함께 가야 하니 언제가 좋으냐고 물으신다. 함께 있던 한 할머니께서 "편의점 커피도 맛있어. 언제 역까지 걸어가" 하며 퉁명스럽게 말씀하셨지만 아키라 씨는 단호했다.

"가끔은 좋잖아. 신나는 곳에 가면 살아 있는 것 같고. 민 짱은 집에 올 때 남편 커피도 사온대. 나도 할아버지 살아 계시면 사올 텐데, 요 짱은 마시지도 못하지. 우리 가끔은 그런 곳에 가서 새로운 커피도 마시고 젊은 사람 구경도 하자고!"

흔하디흔한, 맛없고 쓰기만 한 커피로 유명한 그곳이 아키라 씨는 너무 좋으셨나보다. 더 좋은 곳도 많은데 그 경험 하나로 저리도 신나하셨다.

매일 공원에 모이는 할머니들 가운데 아키라 씨는 가장 점잖은 분이셨다. 할아버지가 돌아가시고 유료양로원으로 거처를 옮기기로 결정했을 때, 모두가 가장 좋은 선택을 하셨다고 말했단다. 그게 평온하고 안정적이라며. 사실 아키라 씨는 아키라 씨가 혼자 외출하는 것도, 당신이 모르는 곳에 드나드는 것도 싫어하신 할아버지로 인해 어쩌다 가는 온천여행 외에는 거의 집에서만 생활하셨다. 여느 일본 노부부들과 크게 다르지 않은 아키라 씨의 이야기에 공원에 모인 할머니들은 "모두 그렇게 살지" 하면서 대수롭지 않게 말했다.

그런 할머니가 갑자기 건물을 올리고 이제는 스타벅스

로 커피를 마시러 다닌다. 집안에 돈이 얼마 있는지도 모르고 모든 걸 할아버지께 맡기던 할머니는 아침부터 저녁까지 자신과 노견을 오롯이 혼자서 책임지며 하루를 종종걸음으로 보내신다.

"민 짱, 살아 있는 게 낭만인 거야. 젊을 땐 낭만이란 더 대단한 것이겠지 생각했지. 그런데 아니었어. 그저 살아 있으면 돼. 그러면 낭만을 매 순간 마주하게 되지. 어제 그곳도 너무 낭만적이었잖아!"

전쟁과 자연재해로 한순간에 모든 것이 사라지는 광경을 반복적으로 경험하며 버틴 세월 뒤, 뭐든지 가능하고 유복해서 신이 된 착각에 빠져 있던 버블시대까지 지나온 사람들. 그날들에는 낭만과 공허가 공존한다. 돈으로 뭐든 가능하기에 절대 돈으로 살 수 없는 것들의 가치를 절감해온 사람들이다.

늙는다는 건 점점 낡고 색이 바래는 것이라 생각했다. 새로운 것이 불편하고 번잡스럽게 여겨지면 나이들었다는 방증이라고 여겼다. 하지만 아키라 씨는 시간마다 달라지는 하늘의 색과 계절의 변화에 따라 달라지는 바람의 온도, 새로운 곳으로 내딛는 한 발, 처음 맛보는 쓰디쓴 커피 등

등 모든 것이 새로우니 아직도 인생이 너무나 낭만적이라며 소녀같이 웃으신다. 80세, 탄생보다 죽음이 더 가까운 나이에 그녀는 낭만을 온몸으로 느낀다.

"그럼 지금 이 순간도 낭만적일까요?"

삼삼오오 모인 할머니들께 물었다.

"당연하지! 당연한 걸 모를 때가 젊은 시절인 거야. 민짱은 젊어서 모르는 게 당연해."

할머니들은 내 젊음을 부러워하지도 않고, 낭만을 매 순간 느끼는 당신들이 더 좋은 걸 차지하고 있다며 나를 놀리셨다.

"살아 있기에 느낄 수 있는 감정 가운데 가장 흔하고 황홀한 건 낭만이야."

그런가… 하고 생각에 잠겨 있는데, 그사이 놀러나갔다가 돌아온 딸들이 집 앞에서 내 얼굴을 보자마자 "배고파!" 하고 외쳤다.

"거봐! 봤지, 아이들은 아무것도 모르잖아!"

주름 없는 낭만들이 또다시 한바탕 웃는다.

# 고양이는 대체로 누워 있고 우다다 달린다

| | |
|---|---|
| 초판 인쇄 | 2024년 09월 23일 |
| 초판 발행 | 2024년 10월 04일 |
| 글 | 전찬민 |
| 책임편집 | 변규미 |
| 편집 | 오예림 |
| 디자인 | 조아름 |
| 마케팅 | 김도윤 김예은 |
| 브랜딩 | 함유지 함근아 박민재 김희숙 이송이 |
| | 박다솔 조다현 정승민 배진성 |
| 제작 | 강신은 김동욱 이순호 |
| 펴낸이 | 이병률 |
| 펴낸곳 | 달 출판사 |
| 출판등록 | 2009년 5월 26일 제4406-2009-000034호 |
| 주소 | 10881 경기도 파주시 회동길 455-3 |
| 이메일 | dal@munhak.com |
| SNS | dalpublishers |
| 전화번호 | 031-8071-8683(편집) 031-8071-8681(마케팅) |
| 팩스 | 031-8071-8672 |
| ISBN | 979-11-5816-183-5 (03810) |